SOLEDADES

SOLEDADES
la isla de Prometeo

Elvira Aballí Morell

Editorial Voces de Hoy

Soledades. La isla de Prometeo
Primera edición, 2020

Edición: *Yenisleidys Blanco*
Diseño interior y composición: *Josefina Ezpeleta*
Diseño de cubierta: *Ernesto Lago*
Fotos de cubierta y contracubierta: *Ernesto Lago*
Ilustraciones: *Mike Quiñones y Elvira Aballí Morell*

© Elvira Aballí Morell, 2018
© Sobre la presente edición,
Editorial Voces de Hoy, 2020
Número de registro en la Biblioteca del Congreso:
TXu 2-124-194

ISBN: 979-8629920281

Editorial Voces de Hoy
Miami, Florida, EE.UU.
www.vocesdehoy.net

A mi Lago.

ÍNDICE

Nota preliminar

Soledades. La isla de Prometeo se alimenta del escenario mitológico en Cuba. La Revolución cubana —el fuego prometeico— fue dada a los hombres, y devino un referente para el mundo y quizá, el exceso revolucionario les legó la pena del titán. La Isla es un espacio de angustia y sus habitantes se ven impelidos al éxodo. La diáspora cubana sufre el destierro: desconcertada, renuncia a Cuba sin descubrir cuánto la ama. *Soledades* recrea una isla humana —quizá un *Macondo*, al decir de García Márquez— cual espacio marginal-centro. La isla de Prometeo no tiene un espacio fijo, es una gran balsa: reliquia de los cubanos sumidos en la diáspora. Cuba duele.

El libro es un retrato con pinceladas de familia, ruptura, tristeza y erotismo; un viaje que emprende la sociedad cubana contemporánea, que posterga las bellezas indescriptibles o su (re)descubrimiento dentro o fuera —despojándose de ataduras y escapando de los límites de sus fronteras.

La hibridez formal o genérica de *Soledades* refiere la versatilidad en las costumbres de Cuba —una Isla Tesoro, vasta en náufragos, parecidos a *Crusoe*—, sumida en el caos que da sabor al *ajiaco* cultural.

PRÓLOGO

I. El ejercicio ficcional de Elvira Aballí Morell hilvana varios géneros cuya destreza para imaginar se plasma en la tensión con la representación. Construye intensas escenas que conducen al lector al mundo de la narradora. Sin embargo, leo *Soledades* como un libro de poesías (sí, de poesía, no solo por incluir poemas). Tal vez, el esfuerzo de fundir su cuaderno a dos grandes poetas, a Góngora y a Octavio Paz, a *Soledades* y *El laberinto de la soledad*, nos precisa para torcer el recorrido de la flecha para descender en las cavernosidades de una lectura oblicua. Decía José Lezama Lima que lo importante entre la diana y la flecha, era el vuelo de la flecha y, efectivamente, Aballí ha soslayado la diana para trascender el viaje de la flecha, para fundirse con su cuerpo. La suerte de contener el preciso instante es saber el placer que provoca lo fugaz, como azules volutas de humos que desaparecen en la vastedad del espacio.

La muerte, el amor, la despedida y la soledad urden en círculos concéntricos una trama de argumentos que asfixian y provocan a la vez una profunda tristeza. Escribía Octavio Paz que «la soledad es el fondo último de la condición humana». Desde la evocación, las notas autobiográficas, la recreación intertextual, hasta la música y el sexo, componen un universo entrañablemente ficcional; narrativamente subjetivo. Además, en otro ámbito de lectura, la autora dialoga con esa Nación esquizoide que se ha quedado en un allá y perdura en un aquí extemporáneo y proteico, con la batalla de la migración que pauta el destino de una generación a dejar o a botar el pasado para construir un presente-urgente-futuro, y con la familia, la pareja como promesa de fidelidad. En esto no hay perretas politiqueras, ni dictados ideológicos que nos hagan sospechar de los silencios.

Desde luego, el tono cuasi confesional ha elegido a la autora; ella se ha dejado llevar por las pulsaciones que brotan de su creativa naturaleza. Ha focalizado su expresión en una nueva cámara discursiva que le permite desnudarse, sentirse libre de ataduras y mostrarse. La constante digresión del Yo femenino ante un ÉL que complementa su existencia vital y encierra el conflicto, en esencia, el conflicto de *Soledades*. Ese desvestirse, con sorna, ante un ÉL, la vigoriza, la penetra y la expone en su deseo de reencuentro.

II. Tuve la suerte de leer algunos cuentos junto a la autora —cómplices en un momento en que éramos culpables inocentes—; otros los leo por primera vez con el goce conducente del paraje ya recorrido y, sin embargo, los desconozco. En realidad, algo ha cambiado. Ha aparecido un nuevo tempo, un apoderarse de la alquimia creativa, un inusitado juego con el lenguaje, con las palabras. Ese paso se deja sentir y permite ver los saltos en algunas piezas de una primera etapa experimental, de asedio a lo literario, a otra en que se apropia del sonido y de lo pictórico para esculpir resonancias, para transparentar lo artificial. Hay una firmeza, una seguridad, aunque *Soledades* es un libro irregular porque la autora los ha juntado en el fervor conceptivo que sale de su vulva. No obstante, la voz es auténtica y profunda y permite admirar la cohesión.

III. «La soledad fue lo que nos unió en segúndo lugar», dice uno de los personajes. Su voz que, dirigida hacia cierta aparente introspección, busca un *signum*, una huella que converja con el silencio y el éxtasis. «La vida —observaba Rufo Caballero— no pierde nunca el límite del ritual, y el ritual se extrema, sobre todo, en los tiempos que clausuran periodos, cuando la cita sustituye la escritura, el ingeniero al artista, el set al horizonte, y el erotismo a la sexualidad (o la promiscuidad al erotismo).» Límite y fuga producen desde luego la llama de una escritura sensorial que rezuma los hilos ficcionales y dejan saber los conflictos que escapan de Aballí para alcanzar una territorialidad, una corporeidad, una expansión que se desgaja, se multiplica en fragmentos.

Soledades (no desgajamiento) expone la desposesión al evocar toda esa tristeza que está fuera de sí, pero en sí. Un sentimiento de dolor se apodera de las más tenues cosas para plasmar la condición humana, esta vez convertida en isla, mujer y migrante. Sobre todo ese estar entre dos mundos, dos universos que encierran temporalidades distintas por el cual transita la narradora, suele ser una de las virtudes discursivas y narrativas que mejor encarna. El viaje como condición y temporalidad, moviliza la fuerza interna para transmutar el vacío en dolor. Esa vacuidad de la espera, del silencio y de los orgasmos deposita nuevos cuestionamientos que no apelan a respuestas en el orden de lo retórico; sino que desnudan la serenidad intelectual del lector y borra ciertos límites que comunican el modelo de pensamiento que caracteriza a Occidente.

«La historia de Pedro» constituye el retrato de lo cruel: del viaje que aprisiona, de la fuga que no libera.

«El helado y la cuchara» recrea de manera paradójica el último instante antes del viaje. Aferrarse a aquellos elementos que nos hacen asirnos a algo o alguien como una «maldita circunstancia», para partir, para dejar de ser. Ese jugar con la luz, los sonidos para apoderarnos de la fuerza que centra el universo no tiene solo el valor de lo real como capacidad gestora de lo inconmensurable, sino que impulsa nuestros miedos más allá de lo nuevo, la incertidumbre y el dolor.

IV. *Soledades*, pues, constituye una experiencia de crecimiento, en primer lugar, para la autora; luego para los lectores que, si bien podemos estar «entrenados», este libro nos desafía a repasar una lógica transfronteriza que relocaliza los conflictos de los personajes, pero a la vez rezuma la naturaleza cuestionadora de la autora. Aballí sabe convertir en ficción lo corpóreo para tomar prudente distancia y modelar estos cuentos ya desprendidos del hilo umbilical y establecer una autonomía que la libera de que «cualquier semejanza es pura coincidencia». No hay certezas, sino cuestiones y considero que en esto recaba la virtud de este volumen. Vale destacar, pues, la musicalidad que emana, incluso en aquellos cuentos que no son tan implícitos para desencadenar un ritmo que deviene fuerza endógena.

Leamos con calma la suavidad de lo brutal o la ternura de la ruptura que impulsan a mundos imaginales, en el dulce placer de la partida y en la migración. Considero que *Soledades* reifica una vez más el continuo de una literatura femenina que dialoga *hic et nunc* con Dazra Novak o Wendy Guerra, sobre todo con la última hay puntos de contacto que tienden puentes mágicos hacia la Isla y lo supranacional. Elvira Aballí Morell ha captado lo natural humano con una destreza poética para personificar una isla que viaja y permanece en el corazón y en la fuerza de su identidad.

ULISES PADRÓN

LOS NIÑOS SON LOS QUE SABEN QUERER

Miraba las piedras y los troncos rotos en el fondo. Se encontraba sumido en una especie de sopor. Verificaba que lo que veía no era un espejismo, producido por el intenso calor y la evaporación de las aguas del día anterior. Los efluvios, que emanaban del foso, corroboraban lo que su vista le decía. Niño, al fin, su imaginación era capaz de los prodigios más increíbles. Un pequeño olor a muerte, a rancio y mojado y caduco, inundaba el aire.

La pequeña madre escarbaba con su hocico tratando de trocar la suerte y de sobornar a las parcas. Su cuerpo flaco agonizaba. La piel, desprovista de pelos, por tramos, dejaba expuesto el acelerado movimiento de sus pulmones. La madre agonizaba frente a la pequeña criatura, que yacía en el asfalto caliente junto a dos de sus hermanos, en igual circunstancia.

El niño miró a su alrededor. Trató de buscar culpables, pero en su mente infantil no halló una respuesta. Las yaguas de varios meses obstruían los conductos por los que el agua debía haber desaguado. Las lluvias intensas y nocturnas de una isla tropical hicieron el resto. El Zoológico de 26 era una de las tantas esferas en que se mostraba la desidia de un trabajador que agoniza.

Dos niños de su edad lanzaban piedras a una de las criaturas inermes. Él, en su madurez de niño —la más grande de todas—, sabía que no iban a despertar. La rabia lo hizo emprender la trayectoria acostumbrada. Esta vez, no sabía igual. Vio todo marchito y vio, por vez primera, los colores perdidos del tiovivo y… sintió dolor, un dolor profundo, de esos en que los gritos rasgan por dentro.

Había pensado, como futuro veterinario, en la idea de la salvación, no de la muerte. Se había visualizado como el antídoto a todo mal y no en los predios de esa impotencia de la que era víctima. Se dio cuenta de que en todo el recinto se respiraba una impotencia atroz, simbólica. Leyó en un cartel que le pareció más ajado que nunca:

JARDÍN ZOOLÓGICO DE LA HABANA
La Edad de Oro
…*los que sienten la naturaleza, tienen el deber de amarla…*
José Martí

El Zoológico de 26 estaba vacío. Ya las madres no se preocupaban por llevar a sus hijos al Zoológico de 26. Solo algunos niños, como él, se escapaban de la escuela y disfrutaban recorrer el recinto de los mamíferos.

ZOOLOGICO
DE 26

El fracaso infantil, que no era muy diferente al fracaso de Piglia, le había enseñado que nunca nada dejaba su huella en el mundo y que todo lo que habíamos vivido se iba a borrar indefectiblemente, pero el niño no podía apartar de su mente la impactante mirada del animalito. Sus pasos lo llevaron a unas ruinas circulares: al laberíntico parque infantil, casi devorado por las llamas del intenso calor. Uno de los almendros deshojados brindaba abrigo a los aparatos raídos. El pequeño decidió reposar en uno de los columpios metálicos, cuidando como siempre de no manchar de óxido el uniforme escolar. Se dejó caer descoyuntado.

No le importaba el fango en sus rodillas —marcas de su intento de reanimación del hijo. Todavía sentía en sus manos las huellas del pelo mojado de la criatura muerta. Sintió que sus dedos palpaban nuevamente el corazón. Ese corazón carente de fuerza y que se traslucía por la gamuza de la piel del animal. Pensó en que la criatura cobraba nuevos bríos y que el pequeño mamífero revivía en sus manos. Imaginó un futuro mejor, un futuro en el que los niños eran la esperanza del mundo en la gran máquina poliédrica de la historia.

EL SUEÑO

Y mi ceniza entonce agradecida,
En restaurantes jugos convertida,
Por tus delgadas venas penetrando,
Te hará reverdecer, te dará vida.

JOSÉ EUSEBIO CARO

Corría aterrorizada. Estaba dispuesta a perderse entre los árboles del camino. Se dirigía a la Ceiba Madre. Quería reposar en sus entrañas. Estaba descalza y, cada vez, más lejos. Se hacía de noche y le era imposible ver el camino. Las lágrimas corrían por sus mejillas. Se sentía abandonada. De pronto, de sus manos salieron raíces y cayó de bruces. No tenía manera de huir. No había forma posible de lograr su sueño. Ella extrañaba el sabor de dormir entre sus venas vegetales y lo sabroso que era beber el agua que emanaba de sus raíces fibrosas. Se convertía en la prisionera de los latidos de su corazón de musgo perpetuo.

Magdalena se despertó sobresaltada. Juan estaba a su lado.

—Debió de llegar tarde y el muy zorro se acostó sin que lo sintiera. Es una serpiente —masculló.

Se levantó de la cama y tropezó con las botas de trabajo del marido e imaginó el pantalón engurruñado en la esquina, para variar. Caminó a tientas en medio de la oscuridad del cuarto, silenciosamente, para no despertarlo. Tales cuidados no se debían a su consideración por él, sino al imperativo de evitar la zurra.

Llegó a la cocina y encendió la luz. La luz, única en la habitación, consistía en un *soque* negro del que pendía una bombilla amarilla. El alumbrón dejó al descubierto las paredes tiznadas del fogón de *pique*, el chucho de la corriente manchado de grasa de camión y la meseta con azulejos de antes de la Revolución, en la cual reposaba un trozo de queso criollo envuelto en un paño blanco.

—Debe de haber llegado muerto de hambre —dijo al ver el cuchillo y las migas de pan en la meseta—. ¿Qué me retiene aquí? —Suspiró larga y sufridamente—. Primero, por negra y, segundo, por burra —como le decía su madre.

Magdalena no tenía amigas. Ya era tarde para eso. No tenía hijos. ¡También era tarde para eso! ¿Trabajaba? Sí. En su condición de negra ignorante, en una Cuba revolucionaria, una Isla llena de hombres engranaje, hombres codificados, se conformaba con limpiar una escuela primaria, habiendo escogido su contenido de trabajo en consonancia con sus frustraciones. Ella trabajaba en una escuela para niños con problemas de conducta. Ver tantas criaturas menoscababa su instinto maternal porque, eso sí, a ella le hubiera encantado tener un hijo o dos, a los cuales educar y llevar a la escuela, para que fueran universitarios.

entre los labios de su sexo. A Juan no le importaba el estado en que ella se hallaba. Solo quería satisfacerse. Pensó en el borracho de su padre y en su inocencia de niña. Con las pocas fuerzas que le quedaban, fue al baño y contempló su rostro. El espejo del botiquín sexagenario detentaba las huellas de una gloria pasada. Las manchas negras de la placa de cristal acompañaban la negra cara, con las pasas en fuga. Abrió la hoja del botiquín. Los pequeños goznes chirriaron de dolor y de abandono. Contempló las tiras de clorodiazepóxido, que tantas evasiones de la realidad le habían permitido y que ya, a esa altura, eran inservibles. Vio la cuchilla de afeitar de su esposo. La abrió y tomó la afilada hoja. Zanjó sus brazos en dirección al hombro y comenzó a desangrarse. Fue hermoso ver los delicados filamentos de sangre desde la perspectiva del suelo.

Su rostro reposaba en el conjunto de mosaicos del piso. Los hilillos de sangre se tornaban afluentes tormentosos. Un último sueño la esclavizaba. Caminaba lentamente por el pasaje que conducía a su protectora. Entre las ramas de los árboles se filtraba la luz.

Se encontraba frente a la Ceiba Madre, a cuyos pies reposaban numerosas manos de plátanos verdes con cintas rojas. Anhelaba ser acogida en su vientre. La Ceiba Madre le ordenó que tomara una de las ramas más duras y que abriera la corteza. Así lo hizo.

De la cesárea troncal salió un líquido límpido y baboso. La Ceiba Madre expulsó, en medio de una contorsión dolorosa, una bolsa. Se oyó el llanto de una criatura que fue saliendo poco a poco de la matriz del árbol.

Los latidos que había escuchado antes. Esa criatura, que había germinado en el vientre de otra. Era el regalo de su sueño. Un sueño utópico en el que podía ser madre. De pronto, algo la haló y fue más fuerte que ella. Un último aliento vino a su cuerpo, que despertaba en una profunda muerte… arrepentido. A fin de cuentas, ¿para qué sirven las utopías, si no para caminar hacia el Horizonte?

SIN TÍTULO I O DE LA MADRE AUSENTE

En ocasiones, contrariados por la imagen cotidiana, asimilamos procesos mentales degenerativos en un afán de desilusión, también, cotidiana. Las acciones se vuelven respuestas mecánicas, defensas de un cuerpo —diapasón inflexible y roído— a favor de la negación, de la ausencia consolidada desde los vínculos débiles que pretendemos que llenen vacíos, que borren los recuerdos.

Recuerdo... palabra adiestrada, ausente. Mérito de recordar: la acción de sentir la presencia inextinguible —inexistente—, atiborrada de acostumbrarte, en la cima, en la coma. La vida se hincha y se hinca de bruces. La corroen los gusanos del tiempo... muerto deseo. En esta ciudad costumbrista, acostumbrada y saturada de parentescos inconformes, que solventan a los proxenetas de esta prostituta de facilidades: la existencia. Esta vida y estos cambios... te recuerdo de tiempo en tiempo. Te recuerdo aunque estés muerta. Tú y yo. Se enfrían los viejos pulmones en el poder añejo y el poder es de los viejos.

El poder... corrupto mecenas que doblega en un afán de tener el derecho inmarcesible. Retoño fatigado y sojuzgado entre aquellas cuatro paredes, sin encontrar la salida. Teme por su vida y se ahoga, se empaña, se suda, se llora... hasta que remanece de fuerzas en contra de aquel.

No saldrá porque a él le pertenece el laudo. ¡Tantas «cuatro paredes»! ¡Qué roña, coño! Ocho, diez, doce: la vida entre paredes. De derribarlas tan continuamente, ha surgido una pila de escombros y no ha nacido una flor. Pedir(le) que no se olvide de tantas paredes y cuando vea al que empieza de abajo, le dé un poco de su arcilla. Barro somos.

Barro… nazco de ti. A ti y solo a ti me debo porque de ti ha nacido la capacidad de hacerme reconocer que la lluvia es valiosa. Sé que mi vida te duele con tanta fe como a mí. Si en algún momento, tierra nutricia, te han doblegado, no temas, no padezcas la incapacidad. Te duele tanto esfuerzo, te duele que deba ser trasplantado porque te secas o yo necesito más agua, pero eres mi barro nutricio, te apetezco y te recuerdo con intensidad, necesito tu olor.

Olor… sensitiva me acerco, expando los miembros y acaricias mi esencia. Entras por los resquicios del cuerpo —un ventanal—: oscuridad. Miles… semillero de hormigas danzantes. El camino tiene sentido.

EL VACÍO DE LA VIDA

me despierto como el fuego en la noche,
en toda mi pureza,
con tu nombre verídico en los labios.

ENRIQUE LIHN

El vacío de la vida:
amar,
perder,
helmintar.
Ser de los besos ajenos
que rugen en las astas.

Tan lejos,
escapar de las heridas.
Hoy,
morirme de mí misma.

Vienes,
de espaldas te recibo,
resbalo entre los restos sobre
los que otros han caminado.
Pierdo… que no me importa,
hoy, angustia de estar:
la soledad.
Te tomo en las manos tan pequeñito,
tan de mí indefensa.

De un extremo al otro me estremezco,
encerrada para siempre en tu huella,
encerrada en las lágrimas de tus dedos.

Tu soledad
en el embarcadero de mis brazos.
Tú, otra vida,
¿pasará una eternidad en la que no te nombre?
—Soy las memorias de tus manos ponientes,
soy Memoria tuya.
Es la última inocencia,
ya lo sabemos.
Tan lejos ahora tan lejos siempre
tu aliento.

CUATRO MESES

Es la una y cuarto. Están recostados. Lucen tan mimosos. Son tan azules, tan verdes. Siempre suben al arco a descansar y se dan el último beso. Se acarician por vigésima vez en el día. Están obligados a permanecer uno junto al otro, como pasa con las personas y las decisiones, en ese breve camino que es la vida. Ella los mira. ¡Qué simple parece todo desde la expectación! Los periquitos se encogen de agotamiento. Ella observa. ¡Si fuera tan simple! Ya él se ha marchado.

La despidió en la puerta de su casa. Los dos esperaban algo más. En el auto, ya de camino a su casa, escucharon una canción que retrataba el momento. ¡Malas pasadas que juega el destino! Cada línea de la canción dibujaba la desdicha de la separación, una separación que había nacido muerta, como ese amor entre amigos, que desde que viene al mundo está destinado al sacrificio.

¡Somos los seres más absurdos! Andamos en busca de las cadenas más imposibles, incapaces de ir por la vida sin tenencias, sin derechos, amoral o incivilizadamente. El reloj Invicta de 250 cuc, el iPhone y la billetera Rifle, eran toda la gloria del mundo y, por supuesto, cabían en un grano de arena. Ella, la otra, le daba suerte.

La suerte es encontrarse él y ella, solos en el apartamento de él y hacer el amor, hacerlo, hacerlo, como se hace con pocos, pero eso no era suficiente para él. Además, estaban las charlas donde descubrían cuán peligrosos eran sus gustos por parecidos. Él siempre descansaba su cabeza sobre la pelvis de la joven y le contaba sus sueños. Cada instante era una confidencia. Cada instante implicaba más sacrificio. La amistad debía morir para dar lugar a un sentimiento mucho más mezquino y menos desinteresado: el amor.

El amor los llevó al abismo ante la incapacidad de reconocer las potencialidades del nuevo sentimiento. Ella no era altruista; él tampoco. Ella no estaba dispuesta a compartirlo.

Se agitan al respirar. Emiten pequeños chillidos entrecortados. El macho mueve ligeramente un ala reverenciando a la dueña, que importuna el reposo. ¿Serán felices las pequeñas aves prisioneras en su jaula de cristal? La jaula es como el olmo seco que resguarda vida.

¡Y cuánto hubiera deseado ella siempre estar entre esas cuatro paredes! Él tenía miedo de ser descubierto en su propia mentira, desde el día en que se sentaron en el parque del Teatro Amadeo Roldán. En su aparente promiscuidad, el joven navegaba a la deriva. Él bajó la cabeza. Por aquellas razones inexplicables de la vida, ella le besó en la nuca y lo olió tan intensamente, al que había prometido olerla siempre.

—Dame un plan para no irme para el carajo de este país —él le decía siempre.

Ella tenía miles de planes, pero todos la incluían y por eso nunca se los dijo. Mencionaba solo aquellos en los que no aparecía dibujada. Luego se consolaba diciendo que ella no tenía que planificarle la vida a nadie.

¡Qué crédito obtendría de su cambio! Él martilló en su cerebro la palabra «México»... que era sinónimo de la otra.

La última vez, la habitación estaba totalmente oscura. Él le había dicho que quería dormir y ella acató lo planificado. Poco a poco, entre los tiernos besos y las caricias inseguras, furtivas, emanó el deseo, siempre latente entre ellos. Una vez más, se dejaron llevar. Pero ella impidiéndoselo, le dijo:

—Párate. Ponte junto a mí —y torció su cuerpo hasta quedar totalmente de espaldas, más ciega que antes, desvalida—. Quiero que ahora, que no me puedes ver, me dibujes con tus manos y me huelas. Deseo que me recorras con las manos de un ciego. Quiero que me ames a través de tus sentidos.

Él comenzó por besar sus pies desnudos y sus tobillos y sus pantorrillas y no se detuvo en su sexo, fecundo en ardides como Odiseo. Besó sus nalgas y su cintura y, como quien desea poseer algo preciado, asió las manos a su cintura. Ella inclinó su cabeza hacia atrás y el abundante pelo recién lavado cayó sobre su boca y él lo saboreó. Le temblaban los muslos y de él dimanaba un calor viril. Ella se agachó y repitió el mismo procedimiento y besó sus costillas, mordió sus hombros y lamió sus axilas. De abajo a arriba y de arriba abajo. Llegó a donde más se concentraba su sabor. Las piernas del joven estallaron. Rozó cada resquicio con su lengua. A cada paso se quebraba el niño que tenía ante ella, perdiendo el control.

Recuerdo las luces que se filtran por las persianas de tu ventana de aluminio. Recuerdo que amanecíamos despiertos. Recuerdo que nos hubiera bastado ser el mundo y quedarnos entre cuatro paredes en una vida ascética, en la reclusión total. Eres joven y serás otro, el mismo con diferente nombre o, a lo mejor, tienes suerte.

¡La suerte tan loca que a cualquiera le toca!

Y tu muchacha agoniza sin ti. Queriendo que se repita un sms:

Cuando leas estas líneas,
probablemente yo esté aquí
pensando en ti... como lo hago
tan a menudo.
Probablemente yo esté

sonriendo con esa sonrisa que
viene a mis labios
cuando pienso en ti.

Cuando leas estas pocas
palabras espero que pienses,
solamente por un segundo,
todo lo que significas para
mí en este momento y lo que
siempre significarás.
Y cuando continúes con las
cosas que tendrás que hacer en
el día, sonríe para mí,
y recuerda que yo aún estaré
pensando en ti.

El sábado en la cafetería Mamainés no se tocaron, no se besaron. El lugar cerraba a las doce porque era día entre semana. Salieron y caminaron por la calle Línea hasta G y descendieron al monumento de Calixto García —héroe cubano de la Guerra de los Diez Años, tan desafortunado como todos los héroes de Cuba, muerto de pobreza y de pulmonía en los Estados Unidos, en el exilio, a donde todos los cubanos quieren marchar. En el mismo exilio adonde él se iba. La noche rugía de apetencia húmeda. Parecía que iba a caer el aguacero del siglo. Se sentaron en el borde del monumento en restauración, sin importar la gravilla y la dureza. Muchas veces ella le había rezado: *de piedra ha de ser la cama, de piedra la cabecera, la mujer que a mí me quiera ha de quererme de veras...* y reían cómplices. No hay espacio más cómplice que la noche y ella habló y habló, pero estaba cómoda, tenía una comodidad pasmosa. Él fue de ella, por tres o más horas, y ella fue de él a partir de ese momento. Caminaron de vuelta a casa de ella y quedó una foto para atestiguar el momento. Jugueteaban con un *grafitti* en el muro: *te amaré x 100pre.*

Ella le pidió que posara y le tomó la foto. Comenzó a caer la lluvia, densamente, y se refugiaron debajo de una de las cornisas coloniales y se abrazaban, y temblaba ella de frío y de gratitud y de amor, mientras él la tentaba:

—Ven a mi casa, que no va a escampar hasta que te decidas.

Ella se opacaba pensando en el miedo que tenía. Tenía miedo, mucho miedo, de cómo sería dentro de cuatro meses cuando él se marchase a los brazos de aquella mujer.

Cierro la página. Ya están irisados de furia y desvelados mis pobres pajaritos. Murmuran en ese lenguaje ininteligible. Ellos están obligados a seguir con sus vidas, tú no. Ellos deben permanecer, hasta que la muerte los separe, en su jaula de cristal, en su monotonía. Una monotonía de esas que hacen morir la flor. *Yo guardo tu querido nombre, ¿y tú que has hecho de mi pobre flor?*

CANCIÓN SIN PALABRAS

A mi abuela

Déjame palpar tus dedos magros
y cerrar tus párpados
en este momento de profunda soledad
ahora, que las gaviotas se retiran a orillas más
  /caladas
y sus alas mustias tuercen el viento.

Déjame volverte tú, por un segundo
y dime si me reconoces en ti,
déjame perderme en el calor de tu regazohogar
  /ciego
y en las pupilas dilatadas de tus pechos de madre.
Ruega por mí.

Deja que llene de silencio la alcoba,
déjame rozar los cueros de tu investido con
respiraciones vivas
y que tus besos recorran mis entrañas,
y que tus canas tejan la mañana,
tus besos y tus canas que
habrá de tragarse la tierra húmeda.
Ruega por mí.

Déjame sentir el dolor de tu pérdida,
y tu pérdida en el dolor
déjame anticipar el dolor que falta por doler.
Déjame sentir por ti tu último orgasmo y tu
    /desamor.

Quiero recordar cada hebra de tu abrigo rojo
y cada flor de la batadecasa,
quiero que me cuentes en el paño verde los
    /milagros
de tus manos,
quiero que me lleves como un ciego,
y corriendo entre la verde azucena de tus labios
    /de muerta,
Dime si te reconoces, soy yo.

LA PREGUNTA

Me fui... me voy, de vez en cuando, a algún lugar.
¡Ya sé! No te hace gracia este país. Tenías un
vestido y un amor... y yo, simplemente, te vi.

FITO PÁEZ

Lo vio llorando y lo abrazó por amor. Lo encontró fumando unos chinos en una mesilla de un bar. Una de las tantas y las mismas mesillas. Una mesilla en el espacio estéril y adoquinado de la calle. Una de veinte mesillas dispuestas, milimétricamente, por el mismo y el diferente mesero de turno. Esta vez, en Madrid y, antes, en La Habana.

Las lágrimas desesperadas quebraban la coraza de Don Quijote. Ella lo amaba desde hacía mucho y no le importó que alguien esperara en la casa. Manuel había sido un idilio de un poco más de una semana. Había leído poesía en el lecho y le había enseñado sobre las formas de las nubes y a amar lo que sería luego su profesión: la literatura. Él nunca la poseyó, a pesar de no necesitar preámbulos para penetrar cualquier cosa. Lo hizo por no fallar porque ella con toda su seguridad inspiraba para toda una vida. La joven había venido al mundo para sanar a los otros.

Todos estos recuerdos se agolpaban en la mente de la joven. Verlo ahí fumando, después de

tantos años. Él, imbuido en el movimiento de las plantas de las personas, que rozaban pesadamente por el adoquín brilloso, no había percibido su presencia ni su mirada indiscreta. Ella se retrotraía al pasado y lo podía ver como antes: dormido: la boca respirando debajo de la sábana, tapado de pies a cabeza.

Repasó el Quijote en su espalda: una pobre versión del Picasso, en verde lorquiano, que se había hecho en algún barrio marginal de La Habana. Se veían por primera vez en milenios, en España.

Manuel la había hecho temblar oliéndola de pies a cabeza. ¡Cuán bella y caprichosa es la alegría! Manuel no era hombre. Manuel era artista.

Ese encuentro de ellos, en el café Monte Parnaso, no fue casual. Ella fue a buscarlo en aquella exposición. Ella lo procuró entre los cuadros preñados de colores, que se movían en mazacotes expresivos. Ella lo vio, sin estar ahí, en cada reflejo en el grueso cristal. ¡Buscó su cabeza entre las multitudes dibujadas de espaldas al mundo! Lo intentó entre aquel arsenal de grises y ocres. Sola en la galería. Ella y las piezas. Su primer momento de posesión.

Ya después del primer abrazo fueron infieles, inmaculadamente infieles. Salvó al tomeguín de la muerte ante los ojos de Manuel niño. La llevó a su madriguera, otra, pero la misma. Él le daría su abrazo final. Un regalo de la vida antes de morir. Los grandes amores siempre mueren, nunca envejecen juntos. Mueren al nacer. Solo queda el eco de esa pregunta:

—Ya sé que es mejor robarlos, pero… ¿qué harías si te pido un beso?

FRENTE A LA AVENIDA 31

Me encanta el nocturno sonoro, cada vez más espaciado, del pasar de los carros americanos de alquiler —mis almendrones habaneros— por la avenida 31. Mientras aguardo tu llegada pienso y me causa risa, que subes por la ventana. Sí, que trepas y que me sorprendes. Esa sería una hazaña tan típica de ti. Esta vez, vienes de tu casa. Pensaba que ya no íbamos a hacer el amor, pero siempre lo hacemos. Me has sorprendido nuevamente. No sé cuándo, pero tengo la certeza de que, en algún momento de hoy, de mañana o de ayer, lo harás. Todos los días espero ansiosa, medio colérica, medio sumisa. Mis glándulas de Bartolino siempre prestas. Me fascina ser tu esclava sexual, aunque soy una mujer libre, independiente, que cuenta con todas las palabras que tengan el prefijo «auto» y no precisamente un almendrón. Mi vientre siempre se encuentra al acecho de ti, contigo. Me tomas entre tus brazos y me dejas caer suavemente en el letargo de esa entrega que siempre tenemos. Siento tu pecho bien pegado al mío. Yo lampiña y tú cubierto de pelos. Nuestros cuerpos están electrificados de ese calor que emana de tu piel. Ese es, siempre, nuestro primer enfrentamiento. No es un enfrentamiento verbal, es químico, totalmente hormonal y desaforado. Créeme, sobrevaloramos las palabras frente al sexo.

Desde que apareces, mi cuerpo comienza a destilar olores. Imagino a mis hormonas luchando en el aire con las tuyas: centuriones romanos, hoplitas desaforados. No las imagino amazonas, mis hormonas no son hembritas, aquí la puta soy yo, así que mis hormonas han de ser bien masculinas. Solo imagino centuriones amanerados contra centuriones recios y guerreros. Me pones los audífonos.

Es el Paraíso tenerte encima, mientras mis muslos abiertos sostienen tu peso y escucho lo que compones. Tu música se alimenta de mi sexualidad. Me gusta tanto tener a mi lado un hombre que crea semejantes obras de arte y… ¡yo que pensaba que era mejor ser escultor o pintor! Yo que pensaba que en el mundo de lo palpable era donde resistía y residía el arte. Yo… que juego con las palabras. Oír esa música que yo provoco. Saber de lo que eres capaz y de esa magia que haces cuando estás inspirado, las fuerzas que le imprimes.

No puedo evitarlo, me desespero cuando me tocas y te celo y te araño y te beso. No puedo aguantarme a la dulzura de tu espalda y a las fibrosas divisiones que en ellas trazan caminos. Los besos, ay… *el beso de tu boca tentadora*. Tus besos son los que inspiran a las poetas. Tus labios son delicias del Jardín del Edén. Mi pecado preferido es sentir esos dos trozos cambiar mientras besas mis labios inferiores y me humedeces

con la lengua bífida, reptando. ¡Ay, Dios! Tus besos devoran y yo quiero que me tragues, de una vez y por todas y me disloca la posibilidad de que lo hagas.

Mi metáfora de la mujer devorada, mi manifiesto antropófago. No se me ocurriría nunca contigo ser una vagina dentada o ¿soy una? Eres muy alfa y yo soy tan puta como Tersila. A mí me gusta que me comas de pies a cabeza. Me gusta el riesgo que encierra la posibilidad de que me arranques «algo» —en su mayor indefinición— de un mordisco. Me encanta sangrar entre tus mandíbulas, acompasadamente a la música ritual que compones. Cada tema en ti es de apareamiento, de masculinidad, entre celta y frenético. No voy a poder desprender esa impresión, nunca más.

Tengo una canción tuya para cada circunstancia y, cada vez, una circunstancia más. Adoro las formas de la sábana cuando tu cuerpo desaparece. Siempre caliente. Corres entre peces, nadas y te sumerges en las olas de los lienzos mancillados y los corales de mis extremidades. De pronto pasa un tren y es tu pelo el que se mueve con la brisa y me amordazas con la blusa de dormir porque me quieres siempre desnuda y sumisa. Me sometes y me subes la pierna y me violentas. Se tensan tus muslos y tus caderas se mueven dando perfectos acentos entre tiempos débiles y fuertes. Eres tú que, una vez más, has decidido sabiamente y mis muslos se contraen.

LA FOTO

Los habaneros vamos al Malecón buscando que las olas se lleven nuestras penas. Vamos al Malecón aspirando a que una de esas olas nos lleve lejos. Vamos al Malecón a que nuestro espíritu viaje, purificado por el azul perpetuo del horizonte. Los isleños dialogamos con el mar como batallando con una angustia desaforada y una vez en el exilio extrañamos el mar, extrañamos el Malecón: extrañamos la angustia de existir en la Isla bajo la maldita circunstancia de estar rodeados de agua. Prometeo nos dio el fuego en 1959 y penamos junto a él. El águila devora nuestras entrañas todos los días.

María miraba por encima del mar. Pensaba en su niñita Madonna. Sus lágrimas —saladas como las olas que pegaban furiosas en el muro del Malecón— se alargaban por su cuello. María experimentaba esa angustia de madre, pero, sobre todo, esa angustia de la madre cubana —víctima del síndrome del hambre insular. Madonna era el fruto de su amor con Pepe —un panadero de Guanabacoa. Pepe no se interesaba por la niña y María ya no podía más.

—Yo te podría pagar una buena suma —le dijo, interrumpiendo sus meditaciones, un buen samaritano.

—¿Qué? —respondió la joven.

—Trescientos —le dijo—, te pagaré trescientos. Es que tengo un amigo cubanoamericano que está buscando una chica así como tú. Solo que… él quiere que sea con otro hombre también.

Muchos pensamientos pasaron por su cabeza y se perdieron en el horizonte. La joven había estado con muchos hombres, pero nunca de esa manera. Pensó en la delgada niña, que no había pedido venir al mundo. Pensó en su mamá que la dejaba amarrada a la pata de la cama con cinco años. A ella y a su hermanito.

—¡Qué injusta es la vida! —pensó la joven.

El buen samaritano la llevó a un *Rent Room*, cerca del Hotel Habana Libre. De camino al apartamento, en el elevador, el hombre le metió las manos en las tetas en presencia del cubanoamericano. Una vez en la habitación, le hicieron de todo y le tomaron un sinnúmero de fotos, en las contorsiones más desgarradoras. Ella solo pensaba en que con trescientos cuc podía mantener a su hijita prácticamente tres meses. Después de haber sido poseída hasta la saciedad, habiendo terminado exhaustos los dos hombres, la joven exigió su dinero. Ambos le dijeron que iban al banco a extraer el efectivo de la tarjeta, pues no tenían la suma pactada con ellos. La condujeron por el *hall* de la casa capitalista, luego la puerta, luego el elevador y la dejaron esperando en la acera.

Otro huésped de la casa, que imaginaba lo sucedido, se acercó a la joven y le dijo:

—¿Qué esperas aquí sentada? ¿No te das cuenta de que son unos estafadores?

María rompió a llorar. ¿Cómo pudo creer en ellos? El hombre le dio cincuenta cuc y la mandó de regreso a su casa con su chofer.

La joven siguió con su vida. Seis meses más tarde volvió a ver al estafador y temió abordarlo, pero lo siguió. Supo donde vivía y, a pesar del miedo, tocó la puerta. El hombre abrió y lo que entró fue una furia. Ella demandó su dinero y él riéndose se lo negó. Un haz de luz se refractó en el lente de la cámara digital que estaba sobre la mesa del comedor. María la vio y corrió y la tomó y la lanzó por el balcón. El artefacto voló por el cielo. En el caliente asfalto, se disiparon las piezas en un estallido sonoro, seguido de un:

—¡Estás loca!

Una vez destruida la cámara, María, llena de gracia, pensó que las fotos —el testimonio de su ultraje— habían desaparecido.

La gran belleza

Esperaba el taxi en la calle Neptuno. Aún no había cesado el cernido acuoso. La lluvia le había hecho permanecer en un portal y durante ese tiempo se había entretenido en escuchar a una pareja de españoles preguntar sobre Cuba a una negra. Así son los extranjeros —pensó—, quieren preguntarle a la gente de pueblo y regodearse en la desdicha de los otros, para hacer más llevadera su miseria capitalista. La joven exponía las malas condiciones económicas. Hablaba de cómo nadie quería trabajar para el Estado cubano. Se quejaba de que era muy difícil estudiar porque después de graduado de la facultad te ponían a trabajar donde ellos —el Estado— querían. Todo lo dicho provenía de una ingenuidad absurda, por no decir estulticia. Él sintió pena. Se enmarañó dentro de esa abulia permanente del cubano y prefirió no refutar las palabras —los sinsentidos— de la muchacha, devenida habanera hacía pocos meses. Recordó a su profesor de Economía Política diciendo:

—Señores, somos seres políticos. La apolítica no es el camino.

El profesor venía de una maestría en los Estados Unidos y lo que había aprendido allá era lo que le enseñaba a sus estudiantes. Su sistema de enseñanza resultaba tan atractivo, que los índices de audiencia del profesor rebasaban los de cualquier doctor en Ciencias Filológicas, miembro de la Real Academia de la Lengua Española con un *curriculum vitae* impresionante y de una erudición pasmosa.

Se montó en un taxi. El botero prefirió evadir el grande tráfico de la calle y dobló en busca de la calle San Lázaro. ¡Cuán ajado le parecía todo lo que veía! Absorto en sus meditaciones, que no conducían a ninguna parte, miró hacia el interior del Policlínico. El piso de granito gris artesanal reflejaba unos destellos rosados —surreales— en la solución detergentinosa. Los trazos guiaron su mirada hacia una persona que bayeteaba con un chubasquero de nailon. Pidió al chofer que se detuviera. Dudó, pero no tardó mucho en exigirle al conductor con voz más fuerte que parara. Pagó la cuota de diez pesos, en moneda nacional, y pidió a una señora gorda que estaba sentada junto a la ventanilla que descendiera para de esa forma él poder salir del auto.

Retrocedió veinte pasos, lo suficientemente largos como para quedar frente a la portada del centro de atención médica. Aún llovía. El chubasquero mecía la bayeta de un lado a otro en una lenta y maquinal coreografía. El piso no se secaba debido a la humedad que había en el ambiente. Decidió mantenerse al margen y observar con cuidado de no ser sorprendido. Seguía sin entender por qué, bajo techo, seguía el encapuchado en su anonimato. Era de corta estatura y de ágiles brazos. De las largas mangas sobresalían dos antebrazos delgadísimos coronados en manos de dedos finísimos. Dos pantorrillas, suavemente musculadas, sobresalían en los bombaches transparentes del delgado material sintético. El chubasquero finalizó el movimiento. Recogió los enseres de limpieza y los depositó en un clóset con puerta de *pvc.*

El sujeto anónimo salió por la puerta del Policlínico. El joven comenzó a seguirle semihipnotizado con las formas caprichosas que adoptaban las gotas al descender por la capa rosada. Lo siguió durante nueve cuadras. Cuando llegó a una casa bien antigua, el chubasquero se detuvo y las manos hurgaron en los bolsillos de un pantalón corto en busca de un manojo de llaves. El joven quedó totalmente aislado de la presencia que le había causado tanta curiosidad. No pudo aguantar la incertidumbre y tocó la puerta. Salió quien debía ser la portadora del enigma. Una mujer de unos sesenta años que le preguntó al desconocido, con insistencia, qué deseaba. Él le dijo:

—Le voy a ofrecer dinero, no quiero tocarla, por favor, déjeme entrar, solo quiero doce minutos de su tiempo. Tome —dijo poniendo diez cuc en la mano de la mujer.

Ella accedió. Ya adentro los dos, la señora —dueña de una compostura increíble— le preguntó:

—¿Qué quieres?

—Yo deseo verla desnuda —respondió el joven. La señora no dudó. Comenzó a abrir uno a uno los botones de una amplia camisa floreada de tonos ocres. Los senos quedaron expuestos en su falta de robustez, fláccidos y canelas. Era muy delgada. Así, quedó totalmente desnuda ante los ojos del muchacho. El sexo casi desprovisto de vellos exhalaba un olor acre. Los delgados muslos temblaban ligeramente. De una de las habitaciones cercanas salió un perrito que tenía tres patas, el cual ignoró por completo la escena y, arrinconándose en la esquina, lamió su entrepierna.

El joven le pidió cortésmente que se pusiera el chubasquero encima de la maculada desnudez. La señora accedió. Los pezones se pegaron por completo a la superficie mojada. El muchacho, sin poder contener los latidos, abrió la portañuela de su pantalón y comenzó a masturbarse en un éxtasis frenético, rayano en la locura. La eyaculación tardó menos de cinco minutos en avecinarse y la simiente de su ovo quedó dispersa por todo lo rosado y lo mojado del impermeable. Las gotas del abundante semen se fusionaron con las gotas de agua. Sin decir palabra alguna, cerró el zíper del pantalón, dio la espalda y cerró

tan delicadamente la puerta, como cuando la había abierto para entrar. Caminó hacia la escalinata universitaria preso por la excitación y las
ganas nuevas.

I

Sangro
la carne.
Me quemo.
No coagula mi dolencia,
late tanto
y confundo el sonido
y me pierdo.
A tientas voy en el rebote dorado.
¡Silencio!

Se ha abierto un pasaje,
hay raíces en un pecho
que las costuras desangran,
en pulmón que ya no respira,
en ajenas manos.

Cesura.
Balbucear, Baal   buc   ea,
vibrante simple,
no incapo, inseguro, ¿indecible?
bilabializaré.

Se hunden,
se cansan,
penetran en mi cerebro por los agujeros
que las trazas han violentado.

Estoy mudo.
Estrechos,
profundos:
exigua muerte
que sustituye mi irrisoria vida.

IMPRESIÓN CAÍDA DE LA HABANA

Las calles que antaño
calesas y pregones
bifurcaban
hoy resisten escándalos
y bicitaxis,
en la sintaxis del esfuerzo.

Las barrocas puertas con carteles de:
SE VENDE
lloran
en el país de nadie.
¡Ay! mi ultrajada ciudad.
Llena de bares y de Ron,
ofrece (la) Mulata,
elixir vahído,
fuente de juventud eterna.
Soy cubano, soy popular,
«cubanizar»: acción de sentirse
erradamente nuestro
(copular, no es pertenecer).

Llévate los sentidos de mi ciudad que agoniza,
el bullicio, la roña y la bazofia, la herrumbre y la
    /sarna,
arranca los arquitectos contemporáneos
y los techos que agonizan de palomares.

Déjame desnuda a mi Habana,
como vino al mundo,
déjala,
que nadie la explote.
Deja de violarla,
siento sus gritos en el medio de la noche.
Déjala,
que, preñada de tu execración,
pare repetidamente miseria.

O HOMEM VELHO DA MALA CHEIA
DE FLORES

25 de maio

A casa era cinzenta porque as janelas permaneciam fechadas o tempo todo. Helena não guardava nemhuma memória em que estivessem abertas; nem quando era criança. A imensa casa de Cerro tinha formato "O", e apenas entrava luz do pátio central. A humidade era constante e as paredes estavam mofadas.

Helena olhou para o chão da casa e viu que não brilhava mais como nos tempos da avó. Passou seus dedos na poltrona de madeira de mogno que exalava um cheiro de madeira que a emocionava. Palpou as almofadas costuradas pela avó, jogadas na poltrona para abrandar a dureza do móvel colonial. Relembrou quando a avó costurava na antiga máquina de costura Singer. Risonha, recordou a cinta de goma verde que seu avô colocou para substituir a correia gasta.

Andou pelo imenso corredor. Voltou a se recordar dos tempos em que brincava com as bonecas russas.

—As bonecas russas são de madeira —a avó contou-lhe— os vestidinhos delas se chamavam *sarafan*, e que a primeira tinha sido fabricada em 1890.

A maioria dos cubanos conheceu as bonecas rusas com a chegada dos «bolos». Assim chamavam aos russos, mas esse termo a Helena o desconhecia. Ela só conhecia a Escola Soviética de Miramar e a Crise dos mísseis. Para ela os soviéticos se reduziam a isso.

No quarto do avô, guardando as roupas do falecido junto com seu pai, embora não quisesse falar, disse:

—Vovô não ficaria feliz se te visse tão abatido.

O pai não conseguiu articular nem uma palavra. O avô tinha falecido havia pouco. Já havia um montão de pacotes pesados de roupa destinados a obras de caridade. Os pacotes iam à Igreja Batista de Cerro, de cujo ministério não sabiam nada, antes que uma vizinha lhes falasse disso. É normal à comunidade fazer doações à Igreja. Foi a mesma vizinha que lhes contou que o senhor teve muitas mulheres depois que a vovó Teresa faleceu. «Fofoqueira!», pensaram. E não lhe deram crédito.

Maria está outra vez esperando o sinal abrir. Olha para o ponto de ônibus. Não o vê. Não diz nada para o chofer. Sente o carro arrancar. Inquieta-se, pois é já faz três dias.

22 de maio

Cada vez que o velho olhava para a máquina de costurar escutava o barulho do chiz-chaz-chiz da roda e lembrava da sua querida. Ela foi muito sorridente. Pouco depois da sua morte, seu marido sentiu que não podia mais ficar olhando para a Singer. Foi por isso que resolveu começar a rodar o bairro de Cerro de ponta a ponta, até o sinal da rua 26.

23 de maio

A casa colonial estava impregnada do cheiro do café fresquinho que o senhor tinha acabado de fazer. Na mesa havia uma fatia de pão e uma xícara de café. Ele saboreava o líquido preto vagarosamente com devoção religiosa. Fazia três meses que a mulher tinha falecido. De repente levanta-se, se veste e sai as seis da manhã. Carrega uma mala cheia de flores colhidas dos jardins vizinhos; com todo tipo de flores. É tudo o que ele precisa. Toda manhã colhe os brotos mais bonitos.

Hoje anda bem-disposto, de mala cheia. É forte. Forte demais para a sua idade. Está sentado no mesmo ponto de ônibus, na mesma esquina da rua 26. Ainda nem abriu a banca de jornais. As pessoas conversam na fila enquanto esperam o ônibus chegar.

Quando a sinal fecha ele passa pelos carros e oferece um pequeno buquê de flores para cada mulher. Quem pode resistir a isso? Maria pega seu buquê como cada mulher que espera o sinal abrir. Um sorriso para cada buquê. O coração do senhor se enche de alegria.

Hoje é um dia igual aos outros. Todos conhecem o homem e o cumprimentam com gratidão. Uma criança a caminho da escola diz para a mãe:
—Olha, olha, mãe! O homem da mala cheia de flores.

O senhor sorri.

Volta ao ponto de ônibus e se senta. Está cansado.

Cansado pelo intenso sol. Pega no sono... O rio. Em seu sonho ela estaba lá. Nua. Linda a imaculada brancura de seu corpo... imersa até os ombros. Ri de felicidade feito criança. Convida-o a mergulhar com ela. Ele, nervoso, tira a camisa. Mergulha com ela. Ela acaricia-lhe o rosto. As mãos dela, molhadas, enrugadas. Abraça-a, sussurra-lhe palavras doces no ouvido:

—Você é linda.

—Vim à sua procura —lhe diz.

—Eu sei, Teresa... minha doce sereia...

Um sorriso no rosto dele é estampado, enquanto isso as pe-ssoas se alinham esperando pelo ônibus sem perceber o que está acontecendo com ele.

EL HOMBRE CON LA MALETA LLENA DE FLORES

25 de mayo

La casa estaba oscura porque las ventanas permanecían cerradas todo el tiempo. Helena no tenía ni un solo recuerdo en el que estuvieran abiertas; ni de niña. La enorme casa del Cerro tenía un patio en forma de «O» y apenas entraba luz del patio central. La humedad era constante y las paredes estaban enmohecidas.

Helena miró para el piso de la casa y vio que ya no brillaba como en los tiempos de la abuela. Pasó sus dedos por la poltrona de caoba, la cual desprendió un olor a madera que la emocionó. Palpó las almohadas cosidas por la abuela, dispuestas para mitigar la incomodidad del mobiliario colonial. Recordó a la anciana cosiendo en la antigua máquina Singer. Riendo, rememoró la cinta de goma verde que su abuelo puso para sustituir la polea gastada.

Caminó por el inmenso corredor, pensó en los tiempos en los que jugaba con las *matrioskas*.

—Las *matrioskas* son de madera —le contaba la abuela mientras abría la barriga de cada una de las muñecas, infinitamente—, los vestiditos de ellas se llaman *sarafán* y la primera fue fabricada en 1890.

71

La mayoría de los cubanos vinieron a conocer las *matrioskas* con la llegada de los «bolos». Así llamábamos a los rusos los cubanos, pero ese término Helena lo desconocía. Ella solo conocía la escuela soviética de Miramar y la crisis de los misiles. Para ella, los soviéticos se reducían a eso. Mientras guardaba las ropas del fallecido, junto a su padre, aunque no quería hablar le dijo:

—El abuelo no estaría feliz si te viera tan abatido.

El padre no consiguió articular palabra. El abuelo había fallecido hacía muy poco. En las bolsas de nailon se encontraban reunidas las ropas que habían destinado para obras de caridad. Las bolsas serían llevadas a la Iglesia Bautista del Cerro, de cuyo ministerio no sabían nada, pero una vecina les había hablado de las donaciones. Era costumbre en el barrio donar las ropas a esa iglesia. Fue esa misma vecina quien les contó que el abuelo había tenido muchas mujeres después de que la abuela Teresa había fallecido. «¡Chismosa!», pensaron y no le creyeron.

María está esperando en el semáforo a que cambie la luz. Mira para la parada de ómnibus. No lo ve. No le dice nada al chofer. Siente el carro arrancar. Se inquieta, pues hace ya tres días.

22 de mayo
Cada vez que el viejo miraba para la máquina de coser entraba en el ciclo sonoro del chiz-chaz-chiz

de la rueda y recordaba a su mujer siempre sonriente. Poco después de su muerte, él sintió que no podía seguir mirando la Singer. Fue por eso que decidió recorrer el barrio del Cerro de punta a cabo, hasta el semáforo de la calle 26.

23 de mayo
La casa colonial estaba impregnada del olor del café recién colado. En la mesa había un trozo de pan y una taza de café humeante. Él saboreaba el líquido prieto despacio, casi religiosamente. Hacía tres meses que la mujer había fallecido.

Se levanta, se viste y sale. Son apenas las seis de la mañana. Lleva consigo una maleta llena de flores hurtadas de los jardines vecinos. Es todo lo que él necesita. Cada mañana reserva los botones más felices.

Hoy anda bien dispuesto. Va con su maleta llena. Es fuerte, muy fuerte para su edad. Está sentado en la misma parada de ómnibus, en la misma esquina de la calle 26. Aún no ha abierto el estanquillo de los periódicos. Las personas conversan en la cola, mientras esperan.

La luz roja. Él pasa por cada carro y le ofrece un pequeño buqué, que saca de su maleta, a cada mujer.

¿Quién se puede resistir a él? María toma su buqué como cada mujer, en cada carro, que aguar da el cambio del semáforo. Una sonrisa por cada buqué. El corazón del viejo se llena de alegría.

Hoy es un día igual a los otros. Todos le reconocen y le saludan con agradecimiento. Un niño de camino a la escuela le dice a la madre:

—¡Mira, mira, mamá! ¡El hombre de la maleta llena de flores!

El anciano sonríe.

Vuelve a la parada del ómnibus y se sienta. Está cansado. Fatigado por el intenso sol. Se duerme...

El río. Ella está allí. Desnuda. Es linda la inmaculada blancura de su cuerpo... Ella está sumergida hasta los hombros. Ríe de felicidad como si fuera una niña. Lo invita a bañarse con ella. Él, nervioso, se quita la camisa. Se baña. Ella le acaricia el rostro. Las manos de ella... mojadas, arrugadas. Él la abraza y le susurra suavemente al oído:

—¡Mira que eres linda!

—Vine por ti —ella le responde.

—Lo sé, Teresa, mi dulce sirena.

Una sonrisa se queda grabada en la cara de él, mientras las personas hacen fila esperando el ómnibus sin notarlo.

II

Se esparce,
recorre su encía el calor húmedo de la palabra,
quiere,
su cuerpo poseído.
Es tan necesario su aliento, su fresco olor teñido
de espanto.
Y su carne de almena
y esa afección del alma consumida,
expandida,
LE DEVORA,
le inmoviliza.
En gremiales besos,
los labios acarician
y la mano,
arranca el crótalo.

Silencio.
Los senos ceden y los dedos
vibran. Refulgentes las cuentas,
sus mieses acarician,
donde la inmaculada, su
silueta: se complace.
Se tensa y los dientes muerden a contactos,
hocica y escarba,
dinamita pilastras alabastrinas,

y es su vientre quien le acoge en un ademán de
/torcerse.

Lo arranca y
lo violenta hacia su boca druida y
lo aprieta contra su ser doblegado de ternura y
lo roza su faz y su respiración contraída.

En un cortés retozo se expande
y sus alas (re)sienten y
queda expuesto de flor.
Roba su aliento y en juego revienta de deseo,
la,
a ella,
ungida de saliva protectora,
la boca ansía y el tacto domina y
él
olor,
¡ay! de ese olor.
La acaricia desde adentro,
la violenta de deriva,
desde arriba hasta el tórax,
horas…
a la deriva
su simiente,
esa que corre más tarde entre
sus dedos y su vientre.

EL ASCENSO

A Raúl Escobar.

Por la escalera en espiral de peldaños desgarbados, con traje de musgo, avanza el hombre. El madero cruje en su queja de un dolor profundo. Restos diminutos de madera pútrida caen al vacío. Es penoso el ascenso. La escalera en espiral marea. Vomita al vacío y se ensopan las astillas y danzan a la par de los jugos. La bota enlodada no ceja: continúa con arresto. El hombre ha sacado el paraguas. Los truenos sacuden las barandas y las púas. En espiral los hierros. El hombre se cubre. Rozan sus dedos la frente mojada. Desabotona el cuello. En el bolsillo del saco, las credenciales se destiñen. Mira abajo, mira arriba: sombras en un estómago revuelto. Mira arriba y estira la mano anhelante en busca de una ínfima luz que se filtra. No hay peldaños. No hay púas. No hay oscuras borrascas. El hombre levita feliz: lo mejor que puede. Se detiene el tiempo. Levita, le evita, levi… lo mejor que puede hacerse en dicho caso.

JARDÍN

El jardín reposa de noche
y en las podridas hojas
late vida.

Nos acercamos en silencio.
No queremos quebrar el indómito sueño,
esa sensación de que nadie —todos— escuchan.

El rocío nocturno borra toda huella.
Silencio,
algo se acerca.

Somos pequeñas esporas:
nos arrastra el viento.

EL VIEJO Y EL NIÑO

Con la ventana abierta, la habitación se despojaba poco a poco del olor rancio. Las sábanas, mojadas de sudor, se pegaban al tacto de su mano. El anciano lo miró, nuevamente. Pasó la mano por encima de los libros apilados. La carátula empolvada mostró al instante las huellas, como quien cede al cariño. Miró fijamente al delgado enfermero.

—¿Quiere que lo lleve a la terraza? —preguntó el joven.

—Sí, por favor —dijo el hombre con aquella cortesía extinta en La Habana desde hacía décadas y que estos señores casi centenarios conservaban como parte de los vestigios de una época más gloriosa para la Isla.

Avanzaba despacio en la silla de ruedas empujado por el asistente. Las figurillas de los cuadros retozaban, como si corrieran.

El mejor momento del día llegaba, cuando le dejaban, otra vez solo, pero en compañía del sonido de las hojitas secas que rodaban por el mosaico gastado de la terraza victoriana. Ya no había aves en el jardín y los palos de las rosas estaban secos.

Miró con nostalgia el columpio enlodado por las lluvias recientes. Recordó las cenas de los domingos con sus hijos. Siempre trataba de llegar a su casa tras los sostenidos viajes. Olvidaba con más frecuencia las caras de sus hijos; ya no recordaba la de su esposa. El enfermero le acercó un vaso con leche. La fina mano temblaba. Sus dedos apenas podían agarrarlo.

El estruendo fue enorme. El perro encanecido y reumático se acercó, lentamente. Lamió con desinterés la acuosa leche. El enfermero trató de enmendar lo sucedido, revolcando el líquido con una frazada enmohecida. El perro se apartó y se arrojó sobre una pila de hojas. Las losas del suelo quedaron pegajosamente garabateadas. El anciano miró y comenzó a fabular con las formas de los residuos en el suelo. Vio un conejo, un cohete, una estrella.

Sonó el timbre de la puerta principal. El dedo inseguro repitió el acto y, esta vez, se oyó el timbre más claramente. El enfermero abrió la puerta con lentitud. Asomó la cara con desgano.

—¿Sí? —dijo.

—Disculpa, soy el vecinito de atrás. Ayer perdí mi pelota. Está en su patio. ¿Puedo pasar a buscarla? —preguntó el visitante con tono grave, que no se correspondía a su edad.

—Sí —respondió el cuidador.

—¿Usted es su hijo? —preguntó el niño.

—No, yo no, no. Soy el que lo cuida. Su familia no vive en Cuba —aseveró el enfermero—, él está muy mal. No puede recibir a nadie, así que espera a que te avise y no hagas ruido.

Pero el pequeño no alcanzó a escuchar la advertencia del cuidador. Se había ido volando por el pasillo en dirección al patio. El perro se animó y salió de su letargo. Ante la reacción del animal el anciano trató de voltearse a ver a qué se debía tanto alboroto de su peludo amigo. Cuando el niño llegó a la terraza disminuyó la velocidad, como para disimular. Era tarde. Dio tres pasos gigantes de la puerta a la silla de ruedas, seguido del perro, que mordía los bajos de sus pantalones azules. Se paró en firme, ante la severa mirada del hombre.

—Me llamo Pedro, señor. Vine a buscar mi pelota, señor, que está detrás del horno de carbón. Yo lo conozco a usted, señor, pero usted no me conoce a mí. Mi mamá es María, la señora de al lado. Yo tengo diez años y me gusta mucho su perro y su silla. Me recuerda un soldado biomecánico que me trajo de Japón mi papá, que siempre está viajando. ¿Usted está pegado a eso?, eso que tiene en el pie, todas esas varillas metálicas, ¿le duele? —le espetó el niño.

El anciano se quedó pasmado.

—Busca tu pelota y lárgate, muchacho —le dijo molesto.

El perrito siguió al niño con el rabo entre las patas y el niño caminó con la cabeza baja. Hurgó en la maleza adherida al muro. Finalmente, encontró el hueco por donde se había colado la verde pelota y trató de seguir el rastro. El perro la vio primero y la agarró y se echó a correr. El niño comenzó a perseguirlo por el patio. Cuando el animal se cansó, fue corriendo hasta la silla y arrojó la pelota hecha jirones a los pies de su amo. El hombre había disfrutado el espectáculo. Se reía entre dientes. El niño agarró la bola babeada y dijo:

—Esto no sirve más —y se sentó al lado del anciano en una de las butacas de la terraza.

El enfermero agarró del brazo al pequeño, que gimió incómodo, y lo arrastró por el pasillo. Abrió la puerta y le pidió que se marchara.

En la cocina hervían algunas viandas con un trozo de carne para el anciano. El fregadero galvanizado, lleno de arañazos negros, tenía algunas cáscaras de papa y de boniato que obstruían el tragante. Flotaban en el agua semillas de ají y cascaritas de cebolla. El enfermero, devenido recíentemente cocinero, ante la renuncia de la vieja criada, comenzó a retirarlas de inmediato. Asombraba al joven el hecho de que el pedigüeño animal no hubiera ido en busca de algún regalo comestible a la cocina.

Detrás de la maleza el perro jalaba de una cinta amarilla que el niño había pasado a través del hueco por donde había entrado la pelota. Del otro lado del muro el niño tiraba del extremo de la cinta. El viejo contemplaba la escena, un poco aturdido. Hasta que el perro de un halón le arrebató un pedazo a la tela. Cuando se vio victorioso, no sabía qué hacer y la soltó en el piso y comenzó a olfatear por el agujero. El niño empezó a meter y sacar el dedo y el perrito ladró con furor.

El anciano hacía como que ignoraba la escena, pero le resultaba realmente entretenido. El niño desistió y el perrito continuaba.

A la hora del almuerzo, el enfermero llevó una bandeja que colocó en una mesa de aluminio. Le puso un babero al anciano. Llevó la primera cucharada a la boca estrecha.

Una cabeza asomó por el extremo del muro.

—¿Por qué te dan la comida, acaso no puedes moverte? —el chiquillo había juntado del otro lado una goma de carro, una silla, tres cajas llenas de trastes y había coronado la pila con el cojín de la máquina de coser de su mamá, y miraba sentado, cómodamente, como en el palco de un teatro por encima de la pared de piedra.

El anciano sonrío y comenzó a toser. El perro empezó a ladrarle al niño moviendo la cola.

—Mi mamá dice que la comida se va por el camino viejo y por eso es que uno tose así de fuerte —dijo el pequeño observador.

—Calla chiquillo —dijo el enfermero.

El niño continuó observando pasivamente.

El enfermero cogió una escoba y azuzó al pequeño. Azorado, el niño bajó rápidamente y buscó refugio en el interior de su casa.

Otro despertar en el mismo cuarto. En lo que llegaba el enfermero a asistirlo, pensó en que su vida se había consumido, durante los últimos años. Pensaba en lo linda que se veía con su vestido blanco, su primera y única novia. Pensó en sí mismo, tan jovial y tan nervioso. Recordó la vez que la tuvo desnuda, frente a frente. Sus piernas temblaban y sus manos tenían una fuerza poderosa. Recordó cómo, cuando estuvo entre sus muslos, ella seguía con la mirada una gota de sudor de su frente que corría por el pecho. Ella siguió sin palidecer el recorrido y aquello le provocó que sudara espontáneamente y ella, entre risas, le pedía más sudor. Él era tan fuerte y tan seductor, tan imponente y temerario. Él era absurdo. Era joven y poeta.

Las demás relaciones fueron una mueca de aquella. Las mujeres que la antecedieron no fueron semejante escuela. La madre de los hijos fue un vínculo tan débil en su vida, que terminó por alejarse y sus hijos con ella. Las jóvenes estudiantes fueron otras de sus incursiones vacías. El profesor. Más vacío. Más vacío. Otro día, en la inercia colectiva.

El enfermero desplazaba las cortinas a un lado. La rutina más antigua que ha existido. Él ya estaba despierto hacía mucho tiempo, sumido en sus cavilaciones. Recordaba a esa dama. El primer amor no tiene comparación para los poetas. Sí, por poesía pura, no por otra cuestión. Probablemente, ese amor se haya corrompido en el camino de la vida, como todo. Quizás, ese amor ya no era más esa dama inmaculada, pero él prefería recordarla así, como si fuese la eterna novia. Ahora era un viejo reumático e inmovilizado, reumático y asexual por sexual. Momentos gloriosos había vivido. La última de sus esposas era veinte años más joven que él. Como la canción de María Teresa Vera, él hubiera querido ser el *de veinte años atrás*. Sonaba el timbre. El anciano sentía corretear vigorosamente al niño por el pasillo de las pinturas. Dada su fama académica, ese pasillo estaba inundado de regalos de artistas.

Todos los cuadros eran originales. Las contorsiones, las transparencias y los colores poderosos inundaban la galería improvisada. Se recordaba amante de la pintura, de la literatura. Se recordaba de tantas formas impresionantes.

El niño corría, sin prestar atención a las quejas del enfermero, quien, con improperios, censuraba la presencia no deseada. El anciano, secretamente, anhelaba aquella visita. El perro saltaba de contento y la escena era digna de admirar.

Aquel momento era más importante que cualquiera que recreara uno de sus famosos cuadros.

Quizás un cuadro impresionista de aquellos que él no poseía se hubiera preocupado por mostrar una escena tan pueril: un desayuno en la hierba, una salida al parque, a ese niño con su perro o al viejo reumático y biomecánico. ¡Ah, los viejos franceses! La percepción de la realidad para los franceses de aquellos tiempos era desconcertante. La *vie* era el motivo, el propósito. Increíble. El paso a la Modernidad fue ese. Habíamos heredado todo el aliento poético de la naturaleza en un Romanticismo de poetas empedernidos. ¡Ah!, como extrañaba hacer poesía.

En el patio, como siempre, el anciano admiraba cada paso de aquel niño vigoroso y dulce. Podía ver como la mañana blanqueaba en la piel del pequeño y vio a su perro lleno de alegría. Las verdes hierbas destellaban en puntos mojados la aurora. Las mariposas silvestres se habían apoderado del antes yermo jardín, mientras uno u otro pajarito adornaba con su canto la escena matutina.

LA MUERTE DE LA ONZA

> *En aquel loco amor embarqué mi juventud.*
> *Y las antiguas puertas de las viejas murallas*
> *chirriaron para dejar el paso a mozos*
> *y onzas y palafrenes...*
>
> LUIS ANTONIO DE VILLENA

Este es el momento para mí. No es el momento de nadie. Es aquella milésima de segundo en la cual decido emprender el viaje. Ese viaje que cuesta tanto iniciar. Las personas como yo y como tú solo estamos esperando el momento preciso, en el cual no se puede errar. Tú y yo esperamos durante mucho tiempo por los amores, las realizaciones, la muerte... todos y cada uno altamente sobrevalorados. Lo sabemos a esta altura de la vida.

Yo no temo ahora. Frente a la botella de licor, cuando mis manos tiemblan irremediablemente, me envuelvo en la manta de seda de Casal y miro los cientos de esbozos que no llegan a ninguna parte y que ya tienen un precio. Miro a ese joven con la onza tatuada en las costas, allí en mi cama, una cama vacía, solo para él. Una cama que ahora ocupa este joven, pero ayer ocupó otro. A mis cuarenta años ya es demasiado tarde para comenzar. Es difícil aferrarme a aquellos sueños que solo dependen de mí y que se aferran a cuanto amor volátil aparece en mi vida. Yo me enamoro de todo… de todos, sinceramente. Ahora las exposiciones en las cuales solo importo yo, donde la gente apenas mira mi trabajo, destruyen mi cuerpo como un cáncer. Yo tuve un amigo una vez. Un amigo que me dijo que con el tiempo ya no importaría más. Yo no sería importante. En aquel momento estábamos en París y no le había entendido lo que quería decir. Habíamos devorado nuestras esencias humanas. En aquella época me gustaba quedarme en los brazos de mi amante. Él era músico y yo, pintora. Él embebido en Nietzsche y Rabindranath Tagore. Yo, víctima de Kundera. Mientras lo miraba desnuda, él sentenció:

—*Não vão ter importância, você sabe? Seus filhos que tanto procura* —dijo mirando mis pinturas— *só vai importar você e as suas depravações. Quanto mais depravada, ainda melhor. E… se mistura depravação com nacionalismo… insuperável.*

Al escucharlo me dije que se trataba de otro que escapaba de la dictadura en Brasil. Ahora, no puedo evitarlo. Su sentencia fue exacta. Una parte de mí busca la estabilidad, pero, luego, mis vicios, porque soy una mujer depravada como mi arte me hizo, me separan del sendero. Soy andrógina por mi obra y… pervertida, sí.

Ahora miro por la ventana de este edificio que se irgue entre los otros de esta jungla de piedra y me digo que estoy en la cima del mundo. Yo, que miraba a Antonia Eiriz con devoción, ahora soy la jodida Antonia.

¿Cuál es el cierre que lleva mi gran trabajo? Veo a ese joven de ¿cuánto?, ¿treinta? Ni siquiera le pregunté. Creo que se llama John, si mi mente cuarentona no me engaña. ¡Tan rubio... Dios! ¡Qué espaldas tan perfectas!

No puedo evitarlo y tomo un carboncillo de los que hay desparramados por el suelo de mi estudio. Agarro una de las cartulinas importadas de la India que mi representante consigue para mí —para mantenerme ocupada, creativa, comercializable— y comienzo a bocetar la onza en las costillas. Es lo primero que me atrae. ¡Es tan tribal, tan totémico! ¡Tan joven!

Es hermoso de una manera salvaje. Quiero acariciar su espalda. El sonido del carboncillo al rozar los poros.

...la pintura, el cuerpo, todo ha sido siempre erotismo para mí. Quiero que las personas me miren y digan que no les gusta la forma en la que hablo de mi cuerpo, la forma en la que manejo mi cuerpo... ¡soy tan corpórea! ¡Allá los etéreos! ¡Allá ellos!

Dejo de mirar la hoja y observo mi pecho aun manchado de rojo en el espacio que la manta no cubre. Él ofreció pintarme a mí. ¿A mí? Río. Me hundo en mi tristeza. Rememoro su torso recio y sus contorsiones, mientras hacíamos el amor. No sé por qué, pero recuerdo los cuerpos pintados de la Macumba Antropófaga, de hace tantos años atrás; en esa vuelta estéril a Brasil y ese teatro descabellado. Pienso que debí aprovechar y haberme acostado con los hombres desbordados de excitación ante la desnudez de las actrices y los actores. Mi vuelta a Brasil en busca de mi músico prófugo de la dictadura. Fue todo estéril.

John se mueve lentamente. Parece como si fuera a despertar y pudiera atraparme en esa actitud voyeurística que establezco con su cuerpo. La exposición donde lo conocí fue de nuevo un éxito. A la gente le encanta ver ancianos desnudos y depravados, y me tildan de hiperrealista. No puedo llegar ahí. Me obsesiona no envejecer y no enfermar. Soy una figura pública. La verdad, mi decisión no la debo a nadie. Quiero morir post coito. John, mi Prometeo, te tocó presenciar la muerte de la fiera. Vas a ser famoso por los medios que cubran la muerte de la gran Antonia. Linda onza. Nadie mejor que tú, porque a él no lo vi nunca más.

La historia de Pedro

Estoy tan cansada. La caja, la gente. El sonido de la nevera que se ofrece a los clientes abierta de piernas. Mi nombre es Rowan, la de los cabellos rojos, mitad vikinga, mitad cubana. Llevo dos años aquí en este país y desde que llegué solo he trabajado en *Au bon pain* como *cashier.* Cobro 8.65 dólares la hora. Mis dedos se entumecen a menudo del *typing*, de «tipear», como decimos aquí. Estoy tan cansada del turno de la madregada. La madrugada es muy triste en la ciudad, pero en el Miami International Airport es demasiado movida. Cada vez que suena la alarma, no quiero destaparme. Cuando me despierto me niego a dejar la cama porque mi cuerpo me pide perpetuar la sensación entre las sábanas. Abandonar la cama en la madrugada es equiparable al desamparo que siente el niño al salir del vientre de la madre. No quiero desprenderme de los brazos de mi hombre: mi vikingo. Ese sí es nórdico de hacha y de espíritu. Se llama Einar. Estamos aquí en Estados Unidos de América. Disfrutamos de todas las bondades del emigrado, entre ellas la soledad. La soledad fue lo que nos unió, en segundo lugar. El físico, en primero. Era irresistible verlo. Tan rubio y tan azulado, tan esbelto y fuerte. Su brazo tatuado desde el hombro hasta la altura de la muñeca. Tan frío y terco como una mula.

A veces, alucino con las esteras que llevan a la terminal E, mientras estoy en la caja sin hacer nada. Repaso la ruta a la sección del ID y no sé por qué, solo he ido dos veces. Mi vida transcurre en el segundo piso de la *Concourse* D, justo donde se embarca la gente para Cuba. Los veo corriendo con sus multiformes paquetes. Ayer vi a dos travestis cubanos: la silicona en conjunto con los marcados rasgos masculinos. Parecían engendros: la mueca de una femineidad perdida desde el momento en que se tuvo. A mí me gustan los *gays*, o al menos en una ocasión, en una de esas oportunidades en las que alucino, me acosté con una travesti. La había maquillado para una sesión de fotos que ella tenía. Esa es mi real vocación: el maquillaje. Tengo hasta mi página en Instagram. Sí, como les decía, me acosté con un hombre-sirena: tan bella, radiante, en su masculinidad devenida femineidad. Tan alta, tan esbelta. Con aquellos cabellos dorados, oxigenados. Le quedaban tan bien los tonos pasteles de los polvos que apliqué con la brocha en su rostro de poros cerrados. La boca ligeramente pulposa me inspiró deseo. Su mirada seducía en cualquier dirección. Tenía las nalgas hermosamente redondas y naturales, tonificadas por el *spinning*. ¡Los maricones tienen unas nalgas insuperables! Después de la sesión de fotos, se lo propuse. Todavía tenía pene, como casi todos los figurantes del Club Bailo, donde ella trabaja. La llevé a un *Motel Executive*, uno de tantos aquí en Miami. Me encantó besarla por la espalda, completamente depilada, suave y perfecta. Estaba tan bella con sus medias de seda suave.

Sí, a veces me voy en pensamientos, cuando los clientes dejan de entrar. Aunque a las 6:00 de la mañana todos vienen a desayunar al *Au bon pain* de la D. Estoy cansada y sufro. Miro la foto perfecta de mi niño en el celular, ocultamente, porque la gerencia prohíbe sacar los celulares mientras trabajamos. Mi niño es tan bello, ¡tan angelical! Su propósito en esta vida fue darme felicidad. Es lo único que me hace sentir plena.

Yo, como les decía, soy una artista: una cosmetóloga. Yo hago magia. Yo transformo y administro las luces y las sombras a mi antojo y mi hijo es perfecto. Hecho con la magia de una cosmetóloga. Yo lo dibujé cuando estaba en mi vientre. Lo imaginé trigueño, de ojos miel, con las pestañas bien negras y largas. Su cara redonda, de las que les queda bien todo tipo de aretes. Luego pensé en sus extremidades, con el tipo de piernas torneadas, de profuso vello castaño. Piernas largas de las que atraen a las mujeres. La espalda ancha y el cuello largo. Pensé en un niño perfectamente proporcionado y así lo tuve. Un niño perfecto con los labios de su abuela.

La abuela paterna del niño es mexicana. Vive en el Doral rodeada de venezolanos. La abuela adora quedárselo para que yo trabaje porque ella está solita. Él entiende por qué su mamá se levanta tan temprano en la mañana. Él siempre me ha apoyado, desde que tomé sus manitas pequeñas, por primera vez. Mi bebé es un ángel. Le dibujaba en la sábana sus alas para que no le faltasen y el techo de su habitación tenía nubes pintadas por un muralista del D.F.

Estos idiotas de la aviación. Vinieron a desayunar otra vez, escandalosos. Tengo que pasar el *mapo* porque derramaron el jugo retozando. Cuento hasta diez, mientras uno me dice:

—*Excellent, excellent, excellent* —irónicamente.

—¡Ay!, estoy cansada y hoy apenas es lunes. Vuelvo a la caja y observo la pantalla del celular.

Tengo tres llamadas perdidas. Es la abuela del niño. Yo no puedo contestar y ella lo sabe. Ha de ser algo urgente.

¿Le ocurriría algo al niño? Le pido permiso a la gerente y llamo:

—Eula, ¿qué pasó?

—Rowan, ¡el niño se me perdió!

—¿Cómo que se perdió?

—Él estaba en la terraza como siempre, jugando en el corral. Nos encontraron, Rowan.

—No puede ser, Eula. ¿Llamaste a la policía? ¿Cuánto hace que el niño no está? ¡Es más, voy para allá! Agarro mis cosas, que son pocas porque la política del restaurante es esa: usar una pequeña *clear bag*. Espero en la parte de afuera a que llegue el bus, que nos lleva hasta el *Parking*. ¡Cómo demora! ¿Nos habrán encontrado, Dios mío?

Llego al *Parking* y veo mi carro rojo. No hay tanto tráfico porque son las 10:00 de la mañana, sin embargo, a mi paso todos los semáforos me detienen. Solo una pregunta recorre mi mente: ¿nos habrán encontrado? Esa debe ser Eula. Ella sabe que no puede llamar, pero seguramente extraña a su familia. ¡Ay, Dios mío! Yo que pensaba que estaba fuera de ese mundo ya. ¿Cómo pudo pasar?

Eula ansiosa me recibe. La vieja es hermosa todavía. La misma boca de su hijo y de su nieto, un agudo rabo recorre el párpado ennegreciendo la expresión del ojo. El profuso cabello castaño le cae sobre la espalda.

—Ay, Rowan. Perdona hija. Estaba en el patio.

Salgo al patio desesperada:

—Pedro, Pedro —grito en mi angustia.

—¡Se lo llevaron, Eula! —digo llorando—. ¡Se lo llevaron!

—Vamos a llamar a la policía, hija —me dice la abuela.

—Vamos a llamar a David, a ver qué me dice, Eula. ¿Cómo nos encontraron? ¡Dios! ¿Por qué me haces esto?

Tomo el teléfono, temblando marco ese número que pensé que no iba a necesitar marcar más nunca. David nos ayudó a escapar de México. Cuando el padre del niño murió, nuestra vida corría peligro.

—Aló, David.

—¿Rowan?

—David, David, se lo llevaron.

—¿De qué hablas, mujer?

—¡A mi Pedro, a nuestro Pedro! ¡David! —dije sin poder aguantar los sollozos.

—¿Cómo que se lo llevaron?

—Estaba con Eula y ya no más, desapareció mientras jugaba en el patio. ¿Qué hago, David?

—No llames a la policía. Voy a ver.

Yo salí de Cuba como modelo. Llegué a México a los diecinueve años. Quería quedarme en el D.F., así que no dudé en amar a Álvaro. No lo dudé. Álvaro era temerario. Todos cuidaban de no molestar a Álvaro, incluida yo. Álvaro enseguida se enamoró de mi cabello rojo y de mis pecas en la espalda. Durante mucho tiempo no conocí a otra persona que a David, Álvaro y sus sicarios. Vivía como una reina en asedio. Cuando iba a salir me mandaban con tres o cuatro peones. Álvaro controlaba toda la frontera de Laredo con Estados Unidos. Esto quería decir que era quien le pagaba a la policía y a los mafiosos. Sin contar con Álvaro no se podía pasar la merca, ni por cielo, ni por tierra, ciertamente no por Laredo. Álvaro había derribado cientos de aviones que lo habían intentado. Tenía fieles y muchos enemigos, ambos granjeados por el dinero. Él solo confiaba en David y en su madre.

Por suerte aquel viernes yo no estaba en la casa. Llegamos David y yo con cuatro hombres míos y cuatro de él. La casa estaba completamente en silencio. Ahí en la escalera yacían los cuerpos de los sicarios de Álvaro. En la oficina de Álvaro, el humidor estaba en el suelo y los tabacos desparramados por el piso. El tabaco de Álvaro todavía humeaba en su cenicero. Ahí estaba él tan quedo, con un tiro de gracia en la frente. La escena demostraba que fue gente conocida, pero David prefirió no averiguar y enseguida me mandó con mi hijito en brazos a casa de Eula y nos sacó a ella y a mí, inmediatamente, por la frontera. Como yo era cubana, me acogí a la «ley de ajuste cubano» en cuanto crucé y Eula, pues, dio un buen dinero.

La frontera entre Laredo y Nuevo Laredo es un poco como las demás. Un puente enorme cercado por los lados que te lleva a un gran *warehouse*, con una garita en la entrada. El oficial de la puerta te pregunta si traes algo de lo que tengas que deshacerte. Entras en un saloncillo con sillas plásticas y te piden en inglés que llenes un formulario. Luego te llevan a un reservado de mujeres, dos oficiales bien rudas. Ellas te registran y te piden que declares el dinero que llevas contigo. Separan a las mujeres de los hombres y de sus hijos que no son pequeños. Hay un montón de computadoras con oficiales que no hacen otra cosa que preguntar y responder en los formularios. A veces te abruma el insistente teclear de los dedos de los oficiales en las computadoras. De uno en uno entrevistan a los refugiados. Yo sentí una intensa paz de dejar ese mundo, pero ese mundo nunca te deja.

David me llamó.

—Es cosa de Pablo, pero él no tiene al niño.

—¿Por qué, David? Mi niño es inocente, David.

—No he dejado nunca de pensar que Pedro puede buscar eliminar el único problema que tiene, Rowan. Él está al frente del cartel ahora. Ve a tu hijo como una amenaza a su liderazgo. A fin de cuentas, todos saben que fue Pablo el que hizo lo de Álvaro. No te preocupes, yo no voy a descansar hasta encontrar al niño. Como sea, todavía han de estar en Estados Unidos, allá en Miami. Voy con mi gente, no llames a la policía.

Ahora tengo que esperar por David. ¿Por qué mi niño, Dios mío? Yo evito hablarle del pasado, ni le cuento de su padre. Le tengo prohibido a Eula que hable de eso. Hasta hablé con unos amigos para fingir que su padre había muerto en Iraq, si comenzaba a preguntar. Me imaginé a Álvaro muriendo de tantas formas diferentes. Cientos de formas y ninguna parecida a la original. Álvaro, el más temerario, muerto a manos de quién sabe quién. David piensa que a manos de Pablo. Pablo es un hombre rudo. David también, pero es más noble. Entre los dos se repartieron el Imperio de Álvaro. Mi Titus asesinado.

La noche que supe que estaba embarazada tuve miedo, pero más miedo tuve de abortar y que Álvaro se enterara. Fui cobarde. Yo sabía que traía a mi niño al mundo —a un mundo de criaturas vengativas. ¡Álvaro se puso tan contento! Me cargaba por los cielos y me besaba en la barriga. La verdad es que hacía tiempo él quería un niño y yo no tardé mucho en dárselo. Él quería un hombre y así lo quiso Dios. Su madre estaba como loca de contenta también. Cuando nació mi pequeño Pedro lo colmaron de regalos y atenciones. Toda la familia vino. Así de pequeño y vivaz miraba a todos desde la cesta como quien sabe lo que le hace falta a cada cual, como quien sabe lo que esconde el alma. Eso nunca lo ha perdido.

Lo primero que dijo fue «te quiero». ¿Qué niño hace eso? Él sabe que a su mamá le hace falta que su bebé le diga: *te quiero*.

El tiempo no pasa. David no llega. Debería llamar a la policía, pero no quiero que me descubran en mi propia mentira. Eula sería deportada porque sus papeles son falsos, si llegaran a las pistas correctas. Me pedirían que declare lo que sepa del Cartel de Laredo. Y me pondría en la mira de los medios. ¿Y mi niño aparecerá? David fue el mejor amigo de Álvaro, su mano derecha. David va a buscar a su sobrino. Él ya nos ayudó una vez a escapar.

—Hola, David. ¿Ya lo encontraron? ¿Sabes algo, David? —le pregunté.

—Nada, Rowan. Nada aún. Mi gente está tratando. Lo vamos a encontrar.

—David, David, ¿dónde carajos está Pedro?

—No aparece aún.

—¿David?

—No lo encontramos.

Han pasado tres días, David no ha parado de buscar. Mi Pedro no da señales. No quiero pensar lo peor. No quiero imaginarme lo que le hayan podido hacer. Mi niño dulce.

He cometido muchos errores. Mi vida no ha sido la más ejemplar, pero he sido la mejor madre posible. Mi vida ha sido descarnada. Mucho he tenido que sacrificar, pero nunca pensé poner en peligro la vida de mi bebé. Lo recuerdo así de goloso pegado a mi seno tomando leche y recuerdo a su padre calmando las perretas nocturnas de mi chicuelo. Era conmovedor ver cómo

Álvaro, tan duro, se deshacía en mimos con su primogénito. Eula no ha dejado de rezarle a la Virgen de Guadalupe para que siga con vida. Yo no creo que alguien tenga el valor de matarlo. Nadie podría matarlo con esos ojos que le hizo su madre. No creo que alguien tenga el valor de matar a un niño de dos años y medio.

—David, ¿qué vamos a hacer con el niño? —una voz de mujer le dice por el auricular.

—Dáselo a María, como acordamos. Ella sabe lo que tiene que hacer. En Cuba nadie lo buscará.

LA TAREA DE ESTA GENERACIÓN

«128 kilómetros»

Decía el cartel que había dejado atrás. Llevaba algún tiempo fuera de la ciudad.

—Era lo mejor —pensó.

En La Habana, le esperaba ella postrada desde hacía algunos años. Él había huido de allá, casi desde el momento en que el médico le había detectado la leucemia a su madre. Prefirió dejarle la responsabilidad a su cuñada que vivía en la casa. Su hermano se había marchado en el 1994 con la crisis de los balseros, dejando atrás a la familia para reclamarlos más tarde. Los trámites legales habían llegado a término y todo indicaba que tomaba el cauce inevitable. Ni él, ni Dios, podían interponerse.

Había entrado al Seminario cuando tenía dieciocho años y esto, quizás, lo había alejado un poco de su familia, que no soportaba la idea de que un hombre de su sangre se enclaustrara, como le gritó su madre cuando le dio la noticia. La vocación nunca había llegado. En principio había sido por la posibilidad de aprender, quizás un escape.

Su padre les había dejado bien claro, desde el triunfo de la Revolución, lo que esto significaba y el atraso en el que se sumiría el país. A su padre le habían quitado una humilde fábrica de calzado en San Miguel, pero que según las palabras del viejo «estaba en vías de expansión». Ahora el deber le llamaba como buen cristiano. Los trámites para su traslado, por problemas familiares, habían tardado menos de lo esperado. En el obispado atendieron su petición sin cuestionamientos. Fue trasladado al convento de la calle 25, en El Vedado, cerca de su casa.

«68 kilómetros»

Había dejado otro cartel atrás.

Cuando llegó a Camajuaní conoció a Susana. En la plenitud de sus veinte añitos. La muchacha lucía bien. Trató de no «sucumbir en la tentación», pero al final cedió ante las miradas en la misa, los besos que le profería discretamente en la mano al comulgar y los comentarios «ingenuos» en cada confesión. Así fue que comenzaron a encontrarse a hurtadillas en el apartamento del edificio de Pastorita, a la salida del pueblo. Susana le entregó momentos de inigualable satisfacción que discretamente ambos sabían conservar...

«54 kilómetros»

Miró el reloj que marcaba 140 km por hora. De pronto, vio una nube de humo que le empañó la vista. La hierba en la cuneta se había incendiado. Era un pequeño fuego, pero, con el calor que había, el humo se había tornado bastante denso. Se detuvo unos instantes para orinar.

—Susana —pensó.

Justo antes de empezar la misa que había tenido lugar el día 25, estaba en la sacristía y ella entró:

—Me dijeron que te vas. Espero que no sea por mi causa —le dijo con tristeza.

La joven había sabido desempeñar su papel estoicamente. Siempre discreta. Él no tuvo el valor de contestarle, al final ella debía saber que nada era eterno y mucho menos lo de ellos. Ella esperó respuesta en vano, hasta que entró un monaguillo que instó al padre a empezar y ella se marchó apesadumbrada.

En la misa, el padre presentó a su sustituto y explicó a sus fieles el motivo de su partida. La ausencia no sería de gran impacto. Solo necesitaban con quién purgar sus culpas y él no era más que otro de aquellos santos encerados en la capilla, una de tantas figurillas en los nichos ciegos. Él era sustituible por otro que los hiciera sentir perdonados: la ignorancia no los dejaba distinguir entre una pieza y otra. Mientras más al interior de la Isla, más fieles eran los feligreses. Ella no dejó de mirarlo expectante ni un solo segundo. Él la deseaba con una pasión que le devoraba. No pudo evitar sentir excitación, bajo el peso de la mirada de la joven.

Dejó sus pensamientos y se montó en el carro. La carretera había sido reparada, pues la introducción de nuevos ómnibus para el transporte interprovincial había sido convenida bajo esos términos y la garantía de los carros se perdería, si no se llevaba a cabo dicha reparación. No era tan difícil conducir hacia La Habana. En la carretera se veían campesinos con ristras de cebolla, ajo, libras de queso criollo y barras de guayaba. En un anillo se leía: «La tarea de esta generación», pero lo más asombroso de este mensaje era lo incompleto que se encontraba, como la retórica revolucionaria, «demagogia» en palabras de su anciano padre. Vaciló un segundo:

—¿Cuál es mi tarea?

«34 kilómetros»

Un hombre le hizo señas con un billete de veinte pesos. Detuvo la marcha. El hombre abrió torpemente la puerta del carro y la cerró con tanta fuerza que apenado le dijo:

—Disculpe, es que estos carros modernos —ofreciendo pagarle el peaje acostumbrado. El cura no aceptó.

«32 kilómetros»

El carro parecía ir más lento de lo esperado. El guajiro lo miraba y bajaba la cabeza como si quisiera hablar más de lo que realmente estaban hablando, que en realidad era nada. Así transcurrieron unos quince minutos.

—Y... ¿usted es de por aquí? —dijo el guajiro, para romper el silencio y entablar conversación.

—Soy de La Habana —le respondió.

—¿Y usted lleva mucho allá? —preguntó con curiosidad el pasajero.

—Nací —le dijo el sacerdote incómodo.

—Yo voy para allá —comenzó a narrar el guajiro— porque a mi madre la operaron y la suerte es que yo tengo una sobrina que es pantrista del hospital, que me ha puesto en contacto con los mejores médicos. Usted sabe cómo es eso. Si no fuera así, yo no pudiera ir y virar el mismo día. ¡Ay hijo! ¡Es que se pasa cada trabajo en esta vida! Yo cultivo la tierra y es que ahorita me ha caído en la finquita una crecida de marabuzal, que es como si la naturaleza supiera que las cosas están patas pa'rriba. Es que también yo tengo que quitarlo a mano limpia. Por suerte, mis hijos no van a pasar el mismo trabajo que yo. Gracias a esta Revolución mis niños están estudiando. La niña está en la Universidad de Santa Clara y el niño está en un tecnológico para arreglar los aparatos de esos de computación. Y... así, hijo, ¿quién sabe si de aquí a un tiempo me compran el tractorcito pa'rar? ¡Eh! —y le dio un toque en el hombro al chofer a modo de jarana—. ¿Usted tiene hijos? —le interrogó el guajiro pues el cura no llevaba el hábito.

—No, yo no tengo.

—Nada, no se ocupe, todavía está a tiempo. Yo al niño le tuve a los cuarenta y cinco, pues ¡para qué decirle!, yo y mi mujer queríamos tener alguito antes del casorio y, entre col y col, de novios estuvimos como ocho años. Me acuerdo de lo contenta que se puso cuando la llevé al bohío, que ya estaba hasta amueblado. Unas cuantas gallinas y una vaquita, que duró bastante, ¡la pobre!, lo suficiente como para criar a los muchachos fuertes y sanos. En fin, nunca hemos estado mal. La vieja también no había padecido de nada grave. Oiga, ¡gracias que ha durado! Mi madre... mi madre nunca fue fácil. Imagínese, tuvo siete vejigos. En lo que le ponía los zapatos al del medio, ya el primero se los había quitado y allá iba ella con el cuje, pero bien que todos le salimos derechitos y trabajadores, y usted no se imagina lo malo que estaba todo cuando Batista. Había que comprarse los libros y los lápices para la escuela. No era como ahora. Me acuerdo que yo ni le arrancaba una hoja a la libreta y trataba de escribirlo todo pegado para no quedarme sin espacio. Papá nos compraba a todos una sola libreta. Con los libros era peor, después de que el más grande, mi hermano Remigio, que en paz descanse, usaba los libros, los heredaba el que venía después. Todos los ABC eran comprados ya de segunda mano, en una tiendita pequeña que tenía un gallego en el pueblo. Todos, malo que bueno, llegamos al sexto grado y en el 1961 no fuimos alfabetizados porque ya sabíamos leer y escribir, y usted sabe, en aquella época éramos, en total, en la Isla, seis millones de habitantes, y el 26.3 por ciento eran analfabetos. ¿Qué le parece? Yo siempre se lo he dicho a los niños, ahora hay que estudiar, después se llega a viejo y nada entra.

A pocos metros del punto de control, el guajiro intervino:

—¿Mi'jo, tiene algún problema? —le preguntó—, oiga, no me quiero inmiscuir pero le veo apesandrumbrado.

El Padre había decidido de antemano no dar participación en sus asuntos al guajiro. No obstante, no quiso ser descortés y algo muy piadoso se apoderó de él, y le dijo con la dulzura de un sermón:

—El problema no es de ahora, yo al igual que usted tengo a mi madre enferma, prácticamente me fui de su lado cuando supe de su enfermedad porque no nos entendíamos. He dejado cosas atrás, cosas que me interesan tanto. Me he ido siempre sin dar explicaciones. Le he fallado a Dios, a mi madre y a mí mismo.

—Mi'jo, le voy a hablar como un padre. En la vida a uno se le aparecen problemas, que no se van hasta que no se les da la cara, nunca es tarde pa' ser feliz. Siempre los que te quieren, te perdonan. No deje que las personas que quiere se vayan de este mundo sin saber lo importante que son para usted. Todos los días, dele su aprecio y su cariño. A fin de cuentas, «la madre es la madre aunque sea de vinagre».

Sin darse cuenta ya estaban cerca del hospital y el anciano descendió del auto:

—Gracias, compay. Tómelos —y le fue a dar los veinte pesos de nuevo.

—Muchas gracias a usted y eso no es necesario, que Dios lo acompañe —le respondió él.

El carro arrancó. El guajiro comenzó a subir por la calle Belascoaín, dejando Reina atrás. Él supo todo el tiempo que ese hombre, que lo había traído hasta La Habana, era un sacerdote, un sacerdote infeliz, que amaba más la vida de afuera, que la de la propia Iglesia Católica Apostólica y Romana.

El padre subía por la calle Carlos III, buscando Infanta; aquel hombre le había aclarado en pocos minutos lo que le había costado entender toda su vida. Pensando en esto, sin darse cuenta, llegó a casa. ¡Cuánto tiempo de ausencia! Subió las escaleras hasta el apartamento. Una vez frente a la puerta, dudó antes de tocar, pero estiró la mano hasta el timbre —que había puesto junto a su padre cuando tenía doce años. Un pequeño le abrió. Era increíble lo rápido que pasaba el tiempo... y pensar que lo había dejado con poco menos de dos.

La madre del niño gritó desde la cocina:
—Alfredito, ¿quién es?

—No sé, mami —le respondió—, espere un momento, señor —echó la puerta hacia adelante y fue corriendo a procurar a su mamá.

Alicia salió con el delantal.

—¡Mauricio, ya llegaste! Amalia está ansiosa. Pasa, pasa —le dijo sobresaltada su cuñada.

Todo en la casa se mantenía igual, era como si el tiempo hubiera estado detenido, los mismos muebles y las mismas cortinas. Temeroso, caminó por el pasillo hasta llegar al cuarto de su madre dejando la sala y la cocina atrás. Tocó la puerta. La madre se acercó exclamando desde el interior:

—Menos mal que estos niños al fin aprenden que se debe tocar antes de entrar.

Abrió la puerta, vio unos zapatos demasiado grandes para ser de sus nietos. Subió la vista. Él se agachó, a la altura de su sillón y la besó. La madre le abrazó con mucha fuerza y llorando le dijo:

—Hijo, perdóname.

—No madre, perdóname a mí —correspondió su abrazo.

A Susana le debía uno igual y, esta vez, se lo daría sin vergüenza, muchas cosas debían ser cambiadas. «Revolución es cambiar todo lo que debe ser cambiado», rezaba la propaganda desgastada en uno de los muros de su cuadra.

EL ARTE

El arte de pintar era para Manuel la fornicación. Manuel, la pintura, la fornicación. Manuel
miraba atónito las nalgas redondas y blancas
que coronaban sus muslos suaves. Manuel le había mostrado un cuadro de ellos: una pintura de
la fornicación, porque Manuel era eso, talento
atrapado en el cuerpo de un fornicador y, por si
fuera poco, le encantaba regodearse en su miseria. Aquella joven era otra mujer de aquel pueblo
europeo, famoso en el pasado por sus tulipanes.

Manuel había fingido en Cuba, antes de mar-
charse definitivamente, la perfecta asimilación
de una postura ascética y había intentado alejarse de la fornicación. Él pintó como nunca, según dice. Él y nosotros sabemos que la pintura
y la fornicación son inseparables para Manuel,
Whitman y Nietzsche según la ocasión. Él era un
exótico Zaratustra cubano.

Mary andaba en bicicleta y era ecologista y ca-
sada. Manuel la había conocido de aquel retrato
de familia. Los holandeses son muy aristocrá-
ticos. Les gustan los cuadros de familia y pagan
una terrible suma de dinero por ellos. Manuel y la
penetración, cansado.

Hizo la vieja rutina. Estiró el lienzo imprimado
y la acostó, luego comenzó a olerla de pies a cabeza. Oliéndola a ella solo esperaba la refracción

de su olor. Olía a óleo y aceite de linaza viejo, y a hastío, a soledad. Olía a blanco rancio, porque él no era negro. Si hubiese sido negro, Manuel hubiera tenido más éxito con las mujeres en Holanda. Pintura, fornicación y negritud. Hubiera querido ser un Aimé Césaire en Francia.

—María —le decía en español. La holandesa no entendía, pero le gustaba el tono.

Los holandeses tienen sexo lento y viven en el absurdo. No piensan en comer y son ecologistas. Las holandesas son desenfrenadas y tienen pelos en las axilas. Los maridos cuidan a los niños y las mujeres fingen un orgasmo con el subordinado o el pintor del cuadro de familia, eventualmente.

Le sudaba la espalda, aquello era una *marathon* como el palo de todos los cubanos. Un buen palo desgasta. Las gotas de sudor le corrían hasta la rabadilla. Tan flaco y grácil como un felino. Las masitas de Mary temblaban y Manuel la agarraba por el mentón, le miraba la cara. Se preguntaba: ¿soy feliz?

El tatuaje en su espalda se arrugaba, se alargaba y se deformaba: era sombras, era olvido. ¿Ahora contra qué molinos emprendes, Manuel, cantas «La Internacional» en forma de bolero para no olvidar? No sirve de nada seguir aguantando, a fin de cuentas, eres un cubano con hambre, con sed, en la maldita circunstancia de haber nacido rodeado de agua, en la balsa perpetua.

El estudio está en un edificio donde se alquilan artistas, él es pintor. Pinta cuadros de familia. La familia no va con la fornicación, no va con la pintura. Está cansado. Es feliz en su pedacito de vida común. No pide más. Mary se pone las bragas que habían presenciado todo el evento desde la vista panorámica de la rodilla. Se acomoda la melena castaña, mientras se percata de que se le ha perdido un arete. Se palpa los senos metiéndolos nuevamente en el sostén. Ella se pregunta: ¿ha valido la pena? Mary respira como si hubiera corrido una *marathon*. Manuel prende un cigarro. Después de la primera patada, se toca la punta del labio que se quemó con otro cigarro, otro antes de ese, que, a su vez, fue antecedido por otro y por otro.

A las 3:00 Mary ya se ha ido. Ella tenía que recoger a los niños en la guardería. Manuel toma el pincel y retoca su última creación. Un cuadro de él: en la melena enmarañada de la joven se pierde su rostro, un rostro que es el suyo, que es el de todas, un rostro que es el de cualquiera. Él, flaco, como un joven etrurio con su piel dorada, penetra entre los muslos blancos de la rubia y se pierde entre las sábanas. Las sábanas, que, no llegando a los bordes, se estrujan y exponen el colchón manchado.

****

El profe está esperando, en la puerta de la escuela. Son las 8:00 A.M. ¡Qué ojos tan bonitos tiene Pérez! El profe recién casado y está con ella. Flaco y dorado como un etrurio.

—¿Qué tal? —le dice fingiendo indiferencia, pero con los ojitos llenos de lascivia.

Todos se dan cuenta, pero lo bueno de Susana es que está sola, no le debe explicaciones a nadie. Pérez se imagina las nalgas blancas de Susana. Le gustan las rubias. Hace años, antes de que Gissel se fuera, ella lo había visto en una exposición personal de Tai Amor de Campos, el marido de Ortigas, en aquel entonces, con la fea de su esposa y se preguntaba por qué Gissel se hacía la de la vista gorda. Ahora la comprendía. El genio intelectual de Pérez era como una fachada. Siempre se estaba casando, no podía estar sin demostrarle al mundo que todas lo querían para el matrimonio y, de vez en cuando, uno que otro chismecito edulcoraba el escenario marital en la Facultad de Artes y Letras.

El cambio de posición es innecesario entre Susana y Pérez. ¿Quién va a poner mayor cara de satisfacción? La competencia está reñida. A fin de cuentas, los dos luchan por verse cada vez más apetecibles el uno para el otro, es una rivalidad insaciable, lo cual hace divertida para Susana la trillada aventura: alumno-profesor, y a Pérez lo está estimulando en lo más profundo de su *coito ergo sum*.

Susana estuvo prendadísima de un viejo y antes se había obsesionado con un pretendido rockero. A Susana la prenda cualquiera. Pérez piensa que ella es ligera y quizás se pregunte, en lo que mira los muslos blancos de Susana las cosas más insospechadas.

****

A Manuel no le gustan gran cosa los *blues*, el masoquismo y las nostalgias. Manuel aparece en sus cuadros como incapaz de satisfacerse. La fornicación y la familia no son compatibles. Mary con los niños y con su esposo. Todo vuelve a la normalidad. Había decidido decirle a su esposo que ya no quería el cuadro porque no quería que Manuel, con su retrato, le recordara su festín pantagruélico.

—Tú dirás que estoy loca, Oskar, pero lo he soñado, tú y los niños, todos morían, y yo los veía multiplicarse en el agua y trataba de nadar y, cuando llegaba se hundían y una fuerza que me halaba opuestamente a los niños, me separaba y... —le dice Mary, con desesperación.

El típico sueño de un emigrante cubano: en el mar se hunde, se separa de sus niños. Mary no es un emigrante cubano. No sabe de balsas, ni de

Kcho, no sabe nada de una vida tan compleja: una vida de solo pensar en comer y no tener con qué. Cualquiera diría que la «gula del cubano», es más que eso, es un síndrome, como si la Zafra de los millones hubiera sido el Gran paso adelante del que nunca nos recuperamos. El cubano, cuando no llega, se pasa.

****

—Estoy embarazada —reza, al oído del lascivo profesor Pérez.

—Tú sabes que yo quiero a mi esposa —otra de las tantas mentiras de Pérez, teniendo en cuenta que el día anterior ella, su esposa, le pedía un tiempo para emprender o quién sabe si continuar su viaje por la apetecible isla de Lesbos.

La muchacha salió de su casa de Centro Habana. Vio a una mujer negra semidesnuda con un *bajaychupa* verde. La negra tenía en su mano tres huesos de mamoncillo —de mamón, algo como un pequeño mamón naranja— con unos cuantos residuos, que, otrora, protegían los ácidos frutos. Alargó el brazo y los arrojó a la calle. Las semillas rodaron por la calle Espada a lo decimonónico, como si la zanja real pasara por allí, y los carretones aplastaran los residuos de mamoncillo hasta reducirlos a la nada. Tres niños amenizaban la escena con una canción popular:

*Una vieja y un viejito montaban cachumbam-
bé, y la vieja le decía mira lo que se te ve.
A mí no se me ve nada porque tengo calzon-
cillo, a mí lo que se me ve es un pedazo'e mamoncillo.*

Este texto hubiera sido suprimido de la tra-
dición oral infantil por cualquier canción de reguetón de no poseer el susodicho contenido libi-
dinoso. El doble sentido, tan caro al cubano, que
empieza a popularizarse en el Guayabero y muere en la «voz» de Osmany García, cuyo epíteto sí
era totalmente satírico: «la Voz», quien conmu-
tando las vocales a la manera de «La mar estaba
serena», en su famosa canción «El Chupichupi»,
creó un tema no tan feliz como, por desdicha, ex-
cesivamente famoso.

Susana continuó su camino. Llegó al Policlínico de San Lázaro y entró. Al lateral, por el
pasillo estrecho, estaba la sala de regulaciones
menstruales. En la puerta, una cola de jóvenes.
Susana es la única blanca. Susana ve el vientre
lleno de grietas de una joven mulata y siente
lástima, al mismo tiempo que experimenta repul-
sión. Hay flacas y gordas; casi todas con *shorts*,
con sandalias y con los calcañales resecos. Susana entra con una recomendación especial de la
Dra. Curro. La recibe una enfermera mulata bastante madura. Una joven sale de la pequeña frac-
ción de la habitación destinada a las succiones
fetales.

—No es tan duro, mi niña, además, es rápido —se compadece la enfermera, mientras acaricia cariñosamente el hombro de Susana.

En la camilla, la doctora alecciona a la triste joven:

—La regulación menstrual no es un método anticonceptivo —y deja entrever el pésimo criterio que tiene de la delgada niña de dieciséis años.

Susana se coloca la bata verde a juego con los zapatos de tela.

EL HELADO Y LA CUCHARA

Es de noche. Las aguas del Malecón habanero bañan impacientemente los dientes de perro entre carmelitosos y verdosos. Las parejas se estancan en el viejo muro, como lo hacen las alimañas marinas entre los resquicios de las rocas. El salitre sala los besos de los jóvenes. El Malecón habanero es la cita obligatoria, a veces la única. Hace calor, como siempre.

—¿Vamos a tu casa? —me preguntas.

—Sí, pero antes quiero un helado —te contesto. Cruzamos al Ditú, un punto de venta, preguntamos y nos dicen que no hay. Ahí comienza nuestro vía crucis y tú ni lo sabes. Yo tampoco lo sé. Entre besos, caricias y tropiezos de los tacones con los desniveles del suelo, aquí estamos, en el tercer establecimiento... sin helado.

—Vamos a coger un carro de diez pesos.

Nos montamos en un carro moderno, uno de mil. Conduce un Proscopito. El pobre, oye bastante alto reguetón. Es tan pequeño que el asiento lo cubre y yo solo miro tus labios en la penumbra y pego mi cabeza a tu hombro, apenada. Apenada de estar buscando un cáliz sagrado.

¡Buscar un helado en Cuba! ¿Quién va a ese cuarto sin el esófago frío? El colchón en el suelo con la sábana de poliéster y el ventilador de pared con aliento de dragón. El calor dimanando de nuestros cuerpos y las caricias tentadoras delineando el guion.

Te quiero y te deseo. Duele a veces. Cómo te explico lo que ya sabes. ¡Cuba, Cubita la bella! Y vendiste tu apartamento para marcharte y te entiendo. Has limpiado el suelo y recogido para hacerme sentir bien.

Mañana haremos el amor en mi casa. Y pasado buscaremos refresco de cola, que es el único que tomo, y caminaremos del Rápido de 31, al Cupet de 30 y de ahí a la tienda de 42 y 19, y llegaremos al Cubata Habana, como parte del ciclo, y compraremos solo una lata de refresco, porque la inepta de la dependiente ya cuadró la caja. ¡Créeme, te entiendo!

Las parejas en el Malecón comparten con un planchado, un ron irrisorio en un contenedor de cartón. Nosotros preferimos un Procecco. Optamos por mantenernos aislados de esta suerte, porque nos creemos diferentes.

He visto a dos hacer el amor en el muro del Malecón, ¿sabes? Muchos se besan y otros se penetran, se aprietan. Lo he visto en parques y en paradas de guaguas. Ojo, no es que en mi Cubita la bella seamos una sarta de exhibicionistas. Ahora que no tienes casa, estamos casi al borde.

Pasamos por G. La Avenida de los Presidentes, es el malecón de algunos. Los más afortunados comparten la guitarra; los menos afortunados, las pastillas. Justo frente a la parada del P15 los emos, los rockers y toda tribu urbana que pueda ocurrírsete intercambian sueños, aspiraciones, canciones y miseria, y eso es lo que los une. Nosotros podemos comprar un helado y lo haremos. Llegamos a la intersección de L y 23, a un Dinos Pizza, casi una taberna medieval, por la iluminación, el mal olor y la clientela. Un solo tipo de helado. ¡Novedad, eh! Compramos.

—No hay cuchara —dice la dependiente con desenfado.

Te suben los colores, se te aprieta la cara. No sé qué decirte. Cómo podré mitigar tu disgusto. Yo siempre veo el lado bueno. Hay que hacerlo o te mueres.

En el Ditú, ayer:

—¿Tienes jugo? —preguntamos primero.

—¿De qué sabor? —no tenemos derecho a ir a por uno en específico, tampoco.

—Están calientes —dice la dependiente que ha hecho caso omiso de tus preguntas.

—Y... ¿por qué? —se me ocurre decir.

La mujer petrificada, indispuesta, atónita responde:

—Porque sí.

¡Qué indolencia, mi amor! Qué hastiada estoy de que a nadie le importe nada.

Esta noche ya hemos ido a dos establecimientos más y nadie tiene cucharas. Llegamos a uno frente a la Catedral del helado, el Coppelia. La mujer ostenta en uno de los mostradores una otrora cajita de chupachupas llena de cucharitas desechables. Le pides cordialmente una para tu amor, para tu novia. Con pasmosa indiferencia te dice que no tiene y tú las ves, las ves, hasta yo, que soy miope, las veo.

Desistimos, desistes, aparentemente. Tomamos un carro de regreso dispuestos a beber el helado prácticamente derretido. Frenas el carro en seco en otro establecimiento y me consigues la cuchara.

Esa cuchara. La cuchara. La voy a tener siempre conmigo. Te voy a recordar siempre por la cuchara. Te recordaré porque cualquier argumento para que no te marches es insuficiente ante la imposibilidad de conseguir algo tan insignificante como un helado y una cuchara desechable en este país. Mi madre no fue una cuchara, ni mi padre fue un cucharón. Yo no soy soldadito de plomo.

Llegamos a tu apartamento. Parcialmente desnudos y sudados nos tomamos con la cuchara el helado semiderretido. Lo compartimos. Me recuesto y te beso, me besas. Me tapas los ojos con el *pullover* que me has quitado y me depositas suavemente en el colchón, que ya mañana no estará porque debes entregar las llaves. Esta es la última noche, pero la continuación de ese proyecto tan grande en el que te empeñas: cartografiar mi cuerpo. Has trazado cada resquicio en tu mente, cada punto de excitación. Me besas azarosamente, me sorprende, te huelo, pero no te veo. Trato de tocarte en vano, siempre te escabulles, no te espantas, me río, nos reímos, pienso en el corazón que hiciste para mí en el asfalto. Pienso en lo enamorada que estoy, en lo colegiala y lo obvia, lo sencilla y lo conforme, lo exigente y lo feliz:

Huh, because I'm happy.
Clap alone if you feel like a room without a roof.
Because I'm happy.
Clap alone if you feel like happiness is truth.
Because I'm happy.
Clap alone if you know what happiness is to you.
Because I'm happy.
Clap alone if you feel like that's what you
    /wanna do.

CUANDO TODO EMPIEZA

¡Estoy tan triste! Esa es tu facultad principal: hacer que todo me haga sufrir o que me alegre tanto. Haces lo que se te viene en gana. Ya me cansé. Estoy en un estado donde ya me da igual. Ahí donde no quería, donde todo da igual, donde ya las lágrimas no salen y donde extraño a mi familia y me doy cuenta... ¡Toma el control! Yo no puedo más. ¡Sé feliz! ¡Haz lo que tanto te gusta! Eso de discutir y acostarte a mi lado como si nada pasara y dormirte. Evádelo. Eso es lo que mejor haces, ¡niño caprichoso de mierda! Ámame, si te atreves. Amarme es difícil. Más de lo que crees. Sobre todo, cuando piensas que hago siempre lo que tú quieres. ¿Qué es la libertad a tu lado? Lo mismo que será al lado de otros. Me dices que no cedo, pero lo hago todo el tiempo. Soy una emocional de mierda. Sí, una artista de porquería. Ya tú estás dormido, nada te importa. Nada te ha importado, solo lo hará cuando me deje de importar a mí. Ya me cansé. Es simple. Resistiré hasta el próximo embate donde me acuerde de lo insaciable que eres y de que estás conmigo porque haces de mí lo que se te viene en gana. Me cansé. Ahora ya nada importa y será lo que tenga que ser. El amor no es fácil, no es eterno, no se alimenta. El amor muere desde que nace, prestándose a los intereses más mezquinos. Es la puesta en escena y es el capricho. Cuando no hay capricho, muere el amor. Hoy te sentí acostumbrado.

Yo voy a dormir separada porque yo sí me acuerdo. Yo sí me acuerdo de cada vez que di el máximo. Siempre doy el máximo y todos me exigen más y más. Siempre me quejo. Todo el tiempo. Lo heredé. No lo puedo negar. Estoy cansada del trabajo y de ser un trozo de carne. Ya me cansé. Me gusta correr. Pienso en todos mis problemas, pienso y por eso llego cada vez más lejos y existo. Dejo de lado el cansancio. Llego lejos y lejos hasta que vuelvo a la realidad y me duelen las caderas y las pantorrillas.

Hoy quiero herirte profundamente. Quiero vengarme. Quiero causarte dolor y lo haría no interesándome por ti, como te gusta. Es natural: la gente no está acostumbrada a mi bondad. Me cuesta ser mala. Sin embargo, dejar de tener interés no me cuesta y así empieza todo.

Pensé que no iba a amanecer. Tú te levantas primero y hoy sábado he decidido no levantarme a hacerte el desayuno: ese que tanto te gusta que yo te haga. Ese que hace que tu día transcurra. Ese día tedioso y capitalista.

¡Qué rico es el capitalismo desde arriba!

He decidido hacerte sufrir y sigo cada paso de tu olor por la habitación y fuera de ella. Me desboca tu olor, como siempre. Soy capaz de reconocer cada rincón en el que se oculta mi presa.

Te vas. Te ha costado levantarte, así que probablemente te ha costado dormir. Yo me levanto más tarde y me mandas un mensaje de texto dulce. No te entiendo.

Lo llamo. Sí, a él. Hablamos y le cuento de lo triste que estoy. Él me dice que yo no merezco eso y que yo soy especial. ¡Soy especial para alguien! Él me habla de mis cabellos y de cuando los mecía el viento en la playa y de cuando me hizo el collar de caracoles y de lo lindas que son mis tetas entre las caracolas dormidas. Me dice que no ha sabido apreciar otra desnudez que no sea la mía y yo me desespero por enseñarle mi cuerpo, este cuerpo que tú has cincelado magistralmente a pesar de que el escultor fuera él. Hablamos muchas horas y él trata de ser mejor que tú, aunque yo sé que no lo es.

Tú eres mi hombre hormonal. A mí me escogieron tus gónadas masculinas. A ti te escogió mi sexo. Yo pienso en enseñarle mis senos perfectamente redondos que tanto te gustan. Necesito que me huela. No eres tú el único que huele. Él también lo hace de pies a cabeza. No eres el hombre que lo siguió a él, ni él fue el primero. Sin embargo, algo existe entre ustedes que los asemeja. Ya no vamos a tener comunicación. Es demasiado temerario yacer con él en una cama, tanto como contigo. Siempre le he temido a él y te temo a ti. Siempre le he temido a la infidelidad. Yo pensaba que nadie, solo tú, era dueño de mis orgasmos. Te sorprenderá. Gracias a ti, tenemos nuestra primera vez.

Él vino este fin de semana, inventó cualquier excusa, no lo sé. Él sí sabe ser libre: cosa de hombres. Aunque tú y yo ya nos arreglamos, siempre tengo el sábado libre y la herida sigue abierta. Él me ha pedido que pose para él. Él viene desde lejos a pintarme.

Dios, solo es cuestión de una mañana. Yo no te comparo, simplemente no existes y no dejas de existir. Yo que te he amado, no te amo más en ese instante y te culpo de mi infidelidad cuando termino.

Él por su parte ha hecho lo mejor que ha podido y por momentos ha fingido una entrega casi real y yo lo sigo, aunque no me desespero como contigo. Ha llevado los utensilios para pintarme, pero todos sabemos que quizás lo haga después del sexo o quizás no.

Antes me interesaba conservar trofeos: un cuadro espectacular que describiera la escena. Ahora el momento es lo que realmente importa, la puesta en escena de lo efímero: ese es el gran arte.

Entro en la habitación del hotel con él. Me toma la mano gélida, que no se había atrevido a tocar. Somos amantes grises. Abre la puerta y sin cerrarla me toma por la cintura y me besa. Besa como tú. Se mecen las cortinas blancas en el balcón alto. No tengo tiempo de fijarme en la habitación, solo en las cortinas y en la textura de la sábana. Me saca la blusa con paciente impaciencia. ¡Bien, macho! Extrañaba esas tetas. Es lo primero que ha querido ver. Me acuesta en el piso tomándome por la cintura y me arqueo en contorsiones sensuales. A él le gusta explotar la forma. Me huele el ombligo —esa ha sido una de sus aficiones siempre. Tiene todo un fetiche con los ombligos, digo yo. Me agarra por el cuello y me araña para que tú lo notes. Lo conozco. Temo porque te des cuenta, porque te amo y te encanta recorrer cada resquicio de mi piel. Temo que cuando me huelas sientas el olor de ese hombre, pero lo ha hecho para que lo notes y porque era una deuda pendiente entre él y yo. Así que lo dejo que me marque ligeramente porque él quiere que pase inadvertido a mí. Siento que mi vagina asume otra forma y eso me incomoda, impide que me humedezca. Extraño tenerte adentro. Es él. No puede fallar. Es él, por primera vez. Es tu sombra. Huelo sus dedos, detecto el olor rancio del óleo. Él no quiere pintar. Este momento ha sido tan esperado que él no va a pintar. Soy la única por la que él no pintaría. Él lo sabe y yo lo sé, que cuando yo lo llame ahí va a estar. Su piel es rústica. Es áspera al tacto, casi tanto como la tuya. Él tiene un mar en esos ojos verdes. Me hundo. Cuando entras en sus ojos te olvidas de lo demás, pero yo no puedo. Es más hombre y no ha dudado en decirme que soy más mujer. Gracias a ti, aunque él no lo sabe. Me dice cerca del oído que no pensaba que este momento se concretara alguna vez; que la vida le ha dado un regalo. Yo sé que me dice la verdad. Me ha deseado desde aquella noche en que me leyó poesía. Todos lo sabemos. Me ha doblegado. Lo comparo contigo, pero es una cosa que voy a controlar. Somos él y yo. Tú no estás más. No trataré de encontrarte en su piel.

III

Hasta que la rabia aguante
y las mordidas dejen de cercenar mi cuerpo por
   /dentro,
grito, no me oyen,
NO ME OYEN.

—Malditos cronopios, Julio.
Estoy presa y me ahogo.
Al *rouge* vivo me duelo, me
quemo, me muero con tanta
fuerza.
¡Oh, hijo de la Noche y de Erebo,
en estos siglos no existe propina para el
   /barquero de la Estigia!

Por tanto, tú, ESCÚ-CHA-me
no quiero vagar en la orilla,
me muero tan a luces,
tan a oscuras, piedad,
piedad imploro.

—¿Dónde la encontraste, Julio?
La luz,
que muero,
con tanta fuerza, tan
a luces.

EL HOMBRE VISTO DESDE LEJOS

Escasos, como los montes, son los hombres que saben mirar desde ellos, y sienten con entrañas de nación, o de humanidad.

JOSÉ MARTÍ

El hombre se desviste. Zafa lentamente el cinto. Saca la gruesa faja de las trabillas del pantalón. El hombre se detiene. Extiende su mano. En la palma reposa el cinto militar en espiral, como un grueso ciempiés muerto.

(Pausa)

Si el hombre pudiese ser visto desde lejos sería una línea fina coronada con una cabeza.

(Pausa-medita)

Desde muy temprano salió del Pico Joaquín. Le ha tomado algunas horas la travesía hasta la figura. El Pico Turquino es aplanado en la cima y está rodeado de vegetación. Tiene un busto martiano, que, generalmente, está cubierto por una fina capa de niebla. El bronce verdoso ha recibido al hombre. El hombre esperaba otra cosa. El hombre siempre espera otra cosa.

«Mucho ha intentado el hombre.»

«Ha perpetuado numerosas hazañas.»

«La Historia tiene mucho que contar de su vida.»

Esos, esos, son los titulares que quisiera el hombre tras su muerte. El hombre sabe que la prensa no mancillará sus páginas con una nota conmemorativa a un suicida. Cuando más, sembrará en alguna hoja perdida el epitafio solemne con el acostumbrado eufemismo: «murió tras una penosa y larga enfermedad», sellándose así la historia del hombre.

El hombre mira a lo lejos y la espesura limita su alcance. Así, el hombre, no tiene otra cosa que hacer que pensar. Las nubes y el viento amasan las sienes del hombre. Entonces, el hombre recuerda su libro preferido y una que otra escena de la hacienda paterna se dibuja en su cabeza. El hombre repara en los hijos que pudo tener y no tuvo y se da cuenta de que no ha vencido al tiempo: no ha trascendido en su fruto.

El hombre se da cuenta de su histérica incapacidad de amar, de su propensión a exaltar lo ordinario, de su excesiva sensibilidad por el arte y de lo insignificante que ha sido su vida. El hombre vuelve a una escena que ha latido en su mente todo el viaje:

Sube por la escalera de mármol de su casona de Siboney. Roza con los dedos la baranda pulida. Los peldaños parecen sufrir en su marmórea blancura con las pisadas del hombre. Llega a la punta de la escalinata donde un inmenso vitral ilumina su figura. Se detiene ante los detalles del vidrio. Mira a las ninfas —*nizkas* corominianas— correr desnudas. Dos sátiros lascivos persiguen a las vírgenes. Debajo de la ventana una mesilla de media luna sostiene un búcaro de porcelana china. El hombre avanza. Llega al enorme corredor que da acceso a las siete habitaciones con sus respectivos baños. El mármol, ahora ajedrezado, sigue sufriendo el aliento de la zancada. El hombre no se detiene. Se apresura. No está confiado. Posa su mano sobre el picaporte. Abre suavemente la puerta para no perturbar. Sigue la línea desde la punta del muslo femenino hasta donde es interrumpida por la sábana y por la mano. La mano de otro hombre. Repasa en su mente los gemidos ahogados y el gesto del rostro infiel, sus mejillas ardientes, su boca entreabierta y pequeña. El hombre no siente propiedad sobre nada de lo que ha poseído. La casa, sus condecoraciones, su mujer, ya no le pertenecen más.

El hombre cierra la puerta y toma un revólver oculto en la mesilla de media luna, debajo de la ventana de *nizkas* y sátiros.

La sensación del transcurso del tiempo es perturbadora en el Pico Turquino. No hay manantiales. No hay cantos de ave. El hombre se incomoda. Siente que la más alta elevación de Cuba es una prisión. No hay sensación de vacío o de lejanía. Se encuentra en un punto circular de tierra rodeado de maleza. No está acostumbrado

a estar tan solo. Mira al Apóstol. La escultura de Jilma Madera es la imagen más fidedigna del Apóstol, así que el hombre está ante el héroe —piensa.

Quiso confesarse. Quiso darle el sentido deseado a su visita. Él, que era capaz de citar a Martí de memoria, ¿qué palabras servirían en semejante circunstancia? Era un cobarde. Como todo cobarde, estaba desprovisto de cualquier nota o discurso suicida exitoso.

Un estruendo se hunde en el espacio. El hombre visto desde lejos yace en el suelo con la sien perforada, desarticulado como un monigote, con el pecho expuesto, descalzo. Solo lleva el pantalón de miliciano. El hombre descansa a los pies del Maestro. La espesa niebla no le deja yacer de cara al sol.

En la casa de Siboney un agente pregunta:

—Compañera, ¿cuándo fue la última vez que vio al coronel?

—Fue en la mañana del martes, compañero, cuando se iba al ministerio. Usualmente, él se va y yo me quedo aquí en la casa. Él siempre llega tarde de trabajar y llama antes de venir —responde la viuda compungida.